Langenscheidt

Panic on the Set
Panik am Set

von Tina Zang

Langenscheidt

Berlin · München · Wien · Zürich · New York

Lektorat: Barbara Müller
Muttersprachliche Durchsicht: Elizabeth Langeron
Zeichnungen: Anette Kannenberg

Übrigens: den Roman, um dessen Verfilmung es hier geht, gibt es wirklich. Er ist von Tina Zang und heißt *Mica & Marty 1: Die Mystery-Agenten*.

Umwelthinweis: gedruckt auf chlorfrei gebleichtem Papier

Druck: Druckhaus Langenscheidt KG, Berlin-Schöneberg
Printed in Germany
ISBN 3-468-20431-0
www.langenscheidt.de

Inhalt

Nix wie hin!

Nichts ahnend saß ich am Esstisch und kämpfte mich wonniglich durch einen Berg gefüllte Gnocchi mit frisch geriebenem Parmesan. Das ist mein absolutes Lieblingsessen. Danach kann ich mich erfahrungsgemäß zwei Stunden lang nicht bewegen, aber für gefüllte Gnocchi ist mir kein Opfer zu groß. Nur wenige Zentimeter vor meiner Parmesanduft-gefüllten Nase lag die Sonntagszeitung. Und in der Zeitung stand eine Anzeige, die nur darauf wartete, von mir entdeckt zu werden.

Mam und Paps hatten ihre Miniportionen längst vertilgt. Mam schob mir die Salatschüssel hin. Ich schüttelte entrüstet den Kopf. So gesund kann Salat gar nicht sein, dass ich mir davon Platz im Magen wegnehmen lasse, in den noch ein paar Gnocchi passen.

Paps klappte die Zeitung auf und blätterte nahezu lautlos darin. Es ist sein ganz besonderer Ehrgeiz, Zeitungen, egal wie knistrig das Papier ist, mit einem Minimum an Geräusch zu lesen. Eines Tages, so verkündet er immer, kommt er damit ins Guinness-Buch der Rekorde – als leisester Zeitungsumblätterer der Welt.

Mein großer Bruder Ed, den man nur unter Lebensgefahr mit seinem vollen Namen ansprechen darf, fütterte eine Fliege mit Pesto.

Alles war also wie immer, bis Paps die ersten zusammenhängenden Seiten der Zeitung langsam und ohne auch nur das leiseste Rascheln nach hinten faltete. Ich sah nicht mal auf, aber irgendwo am oberen Rand meines Blickfelds blinkte ein Wort, das ich wahrscheinlich selbst im Dunkeln sofort erkannt hätte. **CASTING**.

Meine Gabel fiel scheppernd auf den Tisch. "Ein Caschding!", rief ich. Parmesan stob aus meinem Mund. Ohne Rücksicht auf Paps' Weltrekordversuch grabschte ich die Zeitung und hielt sie mir vor die weit aufgerissenen Augen.

*****CASTING*****

Statisten gesucht!

Samstag ab 9:00 Uhr im InterCity-Hotel Rostock

Die britische Produktionsfirma Trillo-Film dreht ab dem 28.6. am Weststrand auf Darß die Außenaufnahmen für die englischsprachige Jugendfilmproduktion „The Mystery of Valanna".
Dafür werden noch zahlreiche Statisten (männlich und weiblich) zwischen 5 und 75 Jahren gesucht.

Voraussetzungen:

- Grundkenntnisse der englischen Sprache. Bei Kindern: Begleitperson spricht Englisch
- schlanker Körperbau, indianisches Aussehen
- schwarze oder graue/weiße Haare, glatt und möglichst lang
- keine Scheu vor Ratten

Kinder und Jugendliche unter 18 Jahren können nur in Begleitung eines Volljährigen am Casting teilnehmen. Bitte Personalausweis bzw. Schülerausweis mitbringen.

Das war perfekt. Einfach absolut in jeder Hinsicht so was von perfekt, als wäre dieses Casting exakt auf mich zugeschnitten worden, ehrlich!
Erstens: Ich wohne in Rostock-Warnemünde.
Zweitens: Ich liebe die Halbinsel Darß. Es ist die geheimnisvollste Gegend der Welt.
Drittens: Meine Freundin Sinja hat zwei Ratten, die ich immer betreue, wenn sie verreist ist.
Viertens: Dank einer spanischen Urgroßmutter habe ich lange, glatte, schwarze, glänzende Haare und schwarze Augen, sehe also absolut indianisch aus.
Fünftens: Schlank bin ich auch, egal wie oft ich Gnocchi esse. Ich treibe viel Sport, und wenn es kritisch wird, wachse ich einfach ein paar Zentimeter.
Sechstens: Ich bin in Englisch richtig gut, seit wir einen neuen Lehrer haben, dessen Hobby Bauchreden ist. Er bringt in den Unterricht immer seine Handpuppe mit, einen völlig zerzausten Geier namens Cedrick, der so Sachen sagt wie: "**Be careful**, kids. There's a **nasty** ghost in the classroom. Look under your chairs. Oh, there he is! **Watch out**, he's **dangerous**." Dann kreischen wir alle und haben viel Spaß.

---

be careful seid vorsichtig
nasty böse
watch out passt auf
dangerous gefährlich

Siebtens: Die Sommerferien hatten angefangen und ich hatte beliebig viel Zeit.
Achtens und allerwichtigstens: Es war immer schon mein Traum, Schauspielerin zu werden. Mein ganz großer, supertoller Megatraum.
“Ich muss da hin, ich muss da hin, ich muss da hin!” Ich wedelte so heftig mit der Zeitung, dass zwei Salatblätter aus der Schüssel flogen.
“Wohin?”, fragte Mam seelenruhig.
“Da, da, da!” Ich hielt ihr die Anzeige vor die Nase.
“Ach so, ein Casting. Schön, versuch dein Glück. Ist ja nicht weit. Ed, kannst du sie hinfahren?”
Mam hat den Führerschein auch im dritten Anlauf nicht geschafft, weil sie nur diagonal einparken kann, und Paps fährt an Wochenenden aus Prinzip nicht Auto.
“Klar fahr ich Cora zum Casting.” Ed klaute das letzte Gnocchi von meinem Teller. “Für meine bekloppte Schwester tu ich doch alles.”

Aufgeregt wie nie zuvor

Das Zittern in meinen Unterschenkeln war gar nicht so schlimm. Jedenfalls nicht so schlimm wie das Herzklopfen und der Knoten tief in meinem Bauch. Und irgendwie konnte ich einfach nicht aufhören an meinen Haaren zu zupfen.
"Are you nervous?", fragte Ed, der in seinem unendlich gemächlichen Fahrstil die Straße entlang tuckerte und den Fahrern, die ihn überholten, freundlich zuwinkte. Er hat die Ruhe weg, genau wie Mam und Paps. Nur ich habe das Temperament meiner spanischen Urgroßmutter geerbt und schlage völlig aus der Art.
"Schrecklich nervös."
"Being nervous is fine. It'll help you give your best. All **actors suffer** from **stage fright**, you know."
Seit Tagen redete er nur noch Englisch mit mir. Bei Mam und Paps hätte ich das oberpeinlich gefunden, aber Ed ließ ich fast alles durchgehen. Meine Freundin Sinja hat nämlich auch einen großen Bruder und der ist nicht halb so nett wie Ed. Da muss man dankbar sein.
"Mir ist irgendwie schlecht", gestand ich. Komisch,

---

actors Schauspieler
suffer leiden
stage fright Lampenfieber

vor den Aufführungen der Theater-AG an der Schule hatte ich nie so heftiges Lampenfieber gehabt. “Ich glaube, ich hab’s mir anders überlegt. Eigentlich will ich doch keine Schauspielerin werden. Jedenfalls nicht sofort. Erst wenn ich erwachsen bin und keine Angst mehr habe.”

“Believe me, **grown-ups** are scared **quite** often, too.” Ed kurbelte die Scheibe herunter und ließ duftende Morgenluft ins Auto.

“Erwachsene haben auch Angst? Was ist dann überhaupt der Vorteil am Erwachsensein? Außerdem habe ich ja sowieso keine Chance auf eine Filmrolle”, meinte ich düster. Bestimmt würde das InterCity-Hotel geradezu wimmeln von Kindern, Männern und Frauen, die alle schwarzhaarig waren wie ich, aber nicht die Bohne nervös.

“**Don’t worry**! Nobody will be as perfectly **prepared** as you are.”

Da hatte Ed Recht. Bestimmt war niemand so gut vorbereitet. Ich hatte mir nämlich die Buchvorlage zum Film gekauft: “Mica & Marty – Die Mystery-Agenten”. Darum wusste ich genau, worum es ging und worauf es ankam. Aber warum hörten meine Beine trotzdem nicht auf zu zittern?

---

grown-ups Erwachsene
quite ziemlich
Don’t worry! Mach dir keine Sorgen!
prepared vorbereitet

"Well, here we are", sagte Ed vergnügt und parkte diagonal in zwei nebeneinander liegende Parkplätze. Auch so ein vererbter Defekt, den er aber in der Fahrprüfung irgendwie geschickt überspielen konnte. Er faltete seine Einmeterneunzig aus dem Polo und hielt mir die Wagentür auf. "Your **very first** casting. Isn't it **exciting**?", sagte er großspurig.
"Bitte sag nicht dauernd so Wörter wie 'nervous' und 'exciting', davon wird es nur schlimmer." Ich stieg langsam aus, beschattete die Augen und schaute mich um. Kaum ein Mensch weit und breit. "Wir sind zu spät dran."
Ed sah auf die Armbanduhr. "We're **right on time**."
"Dann haben wir uns vielleicht im Datum geirrt."
Ed strebte dem Haupteingang zu und hielt mir die Tür auf. Im Foyer standen rauchend ein paar Hotelgäste. Der Tabakgestank mischte sich mit Kaffeeduft aus dem Frühstücksraum. Ed lehnte sich über den Tresen an der Rezeption. "We're here for the casting."
Die Empfangsdame deutete auf eine Aufstelltafel, die ich inzwischen auch entdeckt hatte und auf der in Magnetbuchstaben stand: "Trillo-Film Casting – Tagungsraum 4". Ein Pfeil zeigte die Richtung an.
Sofort erinnerte sich mein Herz daran, dass es sich

---

very first allererstes
exciting aufregend, spannend
right on time genau pünktlich

vorgenommen hatte, so heftig zu schlagen, dass ich es bis in die Fingerspitzen spüren konnte.
Vor dem Tagungsraum warteten ein Mann mit weißem Haar, das ihm bis auf die Schultern fiel, und schwarzhaarige Zwillingsjungs im Kindergartenalter mit ihrer Mutter. Die Jungs zankten sich, kniffen sich, streckten sich die Zunge raus, heulten und traten mit den Füßen. Die Mutter studierte einen Hotelprospekt und tat so, als gehörten die beiden nicht zu ihr.
An einem Tisch, der neben der Tür zum Tagungsraum aufgestellt war, saß eine junge, blonde Frau, die uns lächelnd heranwinkte. "You've come for the casting?"
"Y-yes", stammelte ich.
"Great. I'm Janet, the casting coordinator."
Sie schob mir ein Blatt und einen Kugelschreiber hin. "Please sit down and **fill this in**."
"Thank you", sagte ich, weil mir vor Schreck sämtliche anderen englischen Wörter abhanden gekommen waren.
Während Ed seinen Personalausweis und meinen Schülerausweis rauskramte, kämpfte ich mich durch das Formular. Das war ja wie ein Englischtest! Ich zupfte Ed am Ärmel, damit er mir half, doch er war zu sehr damit beschäftigt, seinen Charme an Janet auszuprobieren.

---

fill this in füll das aus

Trillo-Film

Casting "The Mystery of Valanna"

(Please answer all questions in English)

Name

Cora Paulsen

Age

11

Hobbies

Dancing, beach volleyball, swimming, **acting**

Do you have any health problems?

No, I'm **absolutely** healthy.

Do you have any pets?

No, but I have lots of toy animals. Teddy bears, rabbits, tigers, dogs and mice. When I **rehearse** a role for our drama group at school, they are my **audience**.

Do you like rats?

Yes, they are **cute** and clever. My best friend Sinja has two rats, Socki and Flocki.

---

acting schauspielen
health problems gesundheitliche Probleme
absolutely ganz
rehearse probe
audience Publikum
cute putzig, süß

Die Tür zum Tagungsraum ging auf und ein blasser Junge, der etwa in meinem Alter war, erschien. "Janet, we're ready." Kaugummi kauend und mit leicht zusammengekniffenen Augen sah er die kleine Gruppe an, die vor der Tür wartete. "**It's your turn**", sagte er zu der lesenden Mutter. Wie auf Knopfdruck hörten die Zwillinge auf zu zanken und stürmten den Raum. Die Tür schloss sich mit einem leisen „Wlobb".

Ed begann eine Unterhaltung mit dem weißhaarigen Mann. Ed unterhielt sich schrecklich gern und immerzu mit nahezu jedem.

Der Weißhaarige deutete eine Verbeugung an. "Wuddel – Professor Jeremias Wuddel."

"Paulsen", erwiderte mein Bruder feierlich. "Gymnasiast Ed Paulsen."

Professor Jeremias Wuddel war groß und dürr. Seine schwarzen Augen funkelten lebendig. Ich konnte ihn mir gut in der Rolle eines greisen Tiavalanna vorstellen. Die Tiavalanna sind die Bewohner von Valanna, dem friedlichsten Planeten des Universums. Das ist der Schauplatz des Films. Ich hatte tagelang vor dem Spiegel geübt, ein glückseliges, friedliches Gesicht zu machen, denn das war sicher die wichtigste Voraussetzung dafür, eine Rolle zu bekommen. Bei den streitenden Zwillingen sah ich da eher schwarz.

"Professor wofür?", erkundigte sich Ed.

It's your turn. Sie sind dran.

"Aztekische Geschichte", antwortete Wuddel mit wichtiger Mine.
"Azteken, welche waren das noch mal? Ich bringe die immer durcheinander mit den Majas und Inkas."
Wuddel begann mit weitschweifigen Erklärungen, die mich nicht die Bohne interessierten. Viel lieber hätte ich gewusst, was sich hinter der Tür abspielte. Endlich erschien der blasse Junge wieder und bat Wuddel hinein. Die Mutter mit den Zwillingen ging mit zufriedenem Gesicht an uns vorbei. Sie waren noch keine zwei Meter entfernt, da hörte ich die Jungs schon wieder keifen.
"Die lieben sich ja heiß und innig", sagte ich grinsend.
Hinter uns bildete sich allmählich eine Schlange. Erneut öffnete sich die Tür. Schwupps, schon schlug mir das Herz wieder bis zum Hals. Wuddel ließ es sich nicht nehmen, Ed lautstark zu erzählen, dass er eine Sprechrolle bekommen hatte. Es waren auch Sprechrollen zu vergeben? Ich schluckte. Ob ich im entscheidenden Moment ein Wort herausbringen würde?
"Come in, please", forderte der Junge mich auf und streckte die Hand aus. Ich wollte sie schütteln, da lachte er. "No, your form, please."
My what? Ach so, das Formular. Das hatte ich die ganze Zeit gedankenverloren zusammen- und auseinandergefaltet. Beschämt reichte ich dem Jungen das zerknitterte Blatt, dann folgte ich ihm auf wackeligen Beinen in den Raum.

Hör mal, wer da singt

An einem langen Tisch am anderen Ende des Raumes saß ein Mann, der genau so aussah wie der Junge, nur älter: dünne blonde Haare, eine leicht krumme Nase und braune, halb zusammengekniffene Augen. Rechts von ihm saß eine Frau mit einer unglaublich großen, dicken Hornbrille, hochgetürmten grauen Haaren und einem knallroten Monster von einem Hörgerät.
Der Junge gab dem Mann das Blatt und setzte sich links neben ihn. Ich stand verkrampft mitten im Raum und hatte das Gefühl, schon jetzt alles falsch zu machen.
Der Mann warf einen kurzen Blick auf mein Formular. "So, you're Cora Paulsen. Nice to meet you."
"Hi", sagte ich. Ein kläglicher Auftakt.
"I'm Andrew Tennerman, the director. This is my son Brian."
Der Junge machte eine Kaugummiblase.
"And this is the producer, Mrs Blott." Die Produzentin rückte ihre Hornbrille zurecht.
"Good morning", sagte ich artig.
"Do you know what a director is?"
Ach du Schande! Ich dachte, ich sollte mich für eine Statistenrolle vorstellen und nicht irgendwelche Quizfragen beantworten. Director, director – ob das der Regisseur war?

"The director is the person who tells the actors what to do", riet ich einfach mal drauflos.
"Right." Wieder studierte er mein Formular. "So, you're in a drama group. **What was your last play**?"
Ich hätte jetzt gerne etwas richtig Tolles gesagt, Shakespeares Hamlet oder Goethes Faust. "Rumpelstiltskin." Ich wurde knallrot.
"And what was your **part**?"
"I was the **miller**'s daughter." Wenigstens war ich nicht das Rumpelstilzchen gewesen.
"**Marvellous**. Do you think your parents would **allow** you to stay **on the set** for ten hours **each** day? We're **shooting** from eight in the morning to six in the evening."
"**Sure**", sagte ich voller Überzeugung.
"Great. Please walk over to the right side of the room and then back to the middle."
Das gab mir die Gelegenheit, die erstaunliche Feststellung zu machen, dass man mit zwei linken, zit-

---

What was your last play? Was habt ihr als Letztes gespielt?
part Rolle
miller Müller
marvellous großartig
allow erlauben
on the set am Drehort, am Set
each jeden
shooting filmen
sure sicher, bestimmt

ternden Beinen tatsächlich laufen kann ohne hinzufallen, allerdings auch ohne besonders geschmeidig auszusehen. Als ich wieder in der Mitte angekommen war, sah ich Mrs Blott den Kopf schütteln und Tennerman etwas ins Ohr flüstern. Wahrscheinlich so was wie: "Poor girl, she can't walk."

Tennerman bat mich: "Now **turn around**."

Ich drehte mich um. Ob ich von hinten genauso verkrampft aussah wie von vorn?

"Turn back, please."

Ich stand wieder mit dem Gesicht zum Tisch. Brian, Andrew Tennermans Sohn, grinste mich ziemlich frech an. "Can you sing?", fragte er.

Wenn er mich damit ärgern wollte, war das ein glatter Fall von Fehlanzeige. Singen war etwas, wobei ich mich nicht blamieren würde. Ich singe für mein Leben gern, am liebsten die Lieder, die mir Oma Carmen beigebracht hat. Ohne zu zögern legte ich los.

Mrs Blott zuckte zusammen und schaltete hastig ihr Hörgerät ab. Aber wenn ich erst mal singe, bin ich durch nichts zu bremsen. Tennerman sah aus, als wollte er unter dem Tisch Deckung suchen. Nur Brian hielt mutig die Stellung und klatschte sogar mit.

Als ich fertig war, herrschte für einige Sekunden drückende Stille im Raum.

---

turn around dreh dich um

“Well ...” sagte Tennerman zögernd, während er sich wieder gerade hinsetzte.
“Cool”, sagte Brian. “I think we’ve found the girl who’s **going to** play Illa.”
Illa? O supi, das war eine Sprechrolle, falls das Drehbuch sich an die Buchvorlage hielt. Genau genommen eine Singrolle, denn die Tiavalanna reden in einer gesungenen Sprache.
Tennerman war noch nicht überzeugt. “Do you **really** think so?”, fragte er seinen Sohn.
Brian zwinkerte mir zu. “Absolutely.”
“We haven’t seen **the other ones yet**”, gab Tennerman zu bedenken.
“She’s got the perfect **look**.”
Als sein Vater immer noch nicht überzeugt war, fragte mich Brian: “Do you like dogs?”
“I love dogs”, versicherte ich schnell. “And dogs love me.” Das stimmte. Mir rannten oft wildfremde Hunde nach und wollten von mir adoptiert werden. Aber was hatte das mit der Rolle zu tun? In “Die Mystery-Agenten” kam gar kein Hund vor.
“**All right** then.” Tennerman winkte mich heran

---

going to wird
really wirklich
the other ones die anderen
yet noch (nicht)
look Aussehen
all right in Ordnung

und reichte mir ein paar zusammengeheftete Blätter. "You'll play Illa, the girl with the dog. Be here again on Monday morning **at eight o'clock sharp**. And bring this contract, **signed** by your parents."
"Monday morning, eight o'clock", wiederholte ich heftig nickend. "I'll be there."
Brian brachte mich an die Tür, um den nächsten reinzubitten.
"Thanks", sagte ich noch schnell.
Auf dem Weg zum Auto überflog Ed den Vertrag und stieß einen Pfiff aus. Vor lauter Staunen vergaß er sogar, dass er mit mir Englisch reden wollte. "Ich werd verrückt, du kriegst hundert Euro pro Drehtag. So ein üppiges Gehalt hatte ich noch bei keinem Ferienjob."
"Das heißt nicht Gehalt sondern Gage. Gage, Gage, Gage." Das klang so gut wie gefüllte Gnocchi. "Jetzt fahr doch schneller", drängelte ich, als wir endlich wieder im Auto saßen. Sitzen war eine Erholung nach der ganzen Aufregung.
Ich war ganz hippelig und konnte es nicht erwarten, Mam und Paps den Vertrag zu zeigen. Außerdem musste ich dringend Sinja anrufen und ihr sagen, dass sie, Socki und Flocki aufhören konnten mir Daumen und Pfötchen zu drücken.

---

at eight o'clock sharp pünktlich um acht Uhr
signed unterschrieben

Daheim angekommen, sprang ich sofort aus dem Wagen, rannte ums Haus herum und durch die offene Terrassentür ins Wohnzimmer. “Ich hab eine Sprechrolle. Eine richtige, echte Rolle mit Text. Ich werde reich und berühmt”, rief ich. “I’ll be rich and famous.”

Paps legte die Samstagszeitung sachte auf den Wohnzimmertisch, stand auf und umarmte mich. Mam kam mit einer Büchse Ravioli in der Hand aus der Küche. “Wie lief denn das Casting?”

“Alles total easy”, plapperte ich aufgeregt drauflos. “Ich musste nur ein bisschen hin und her laufen und ein paar einfache Fragen beantworten. In English, of course. Und der Regisseur hat meinen Nachnamen wie ’Pohl-sen’ ausgesprochen. Cora Pohlsen. Klingt wie ein internationaler Filmstar, oder? Und sein Sohn war auch dabei, und der hat mir eine Rolle verschafft, so richtig mit Text, das ist fast schon eine Hauptrolle. Cool, ne? Ach ja, und ich durfte auch was vorsingen.”

Ed, der in der Terrassentür lehnte, unterbrach mich mit einem Hüsteln. “Man hat dich bis draußen gehört. Sogar die Empfangsdame kam nachsehen, was da los war. Weißt du, wenn du Theater spielst, ist es in Ordnung, so zu kreischen, aber beim Film gibt es Mikros.”

Windelmodel wird Filmstar

Am Sonntagnachmittag, als ich gerade dabei war, mich in ein verheerendes Lampenfieber reinzusteigern, rief Sinja an.
“Rate mal”, meldete sie sich. Das tut sie so oft, dass viele Leute denken, sie würde Sinja Ratemal heißen. Tatsache ist: Sie liebt Ratespiele genau so innig wie ihre Ratten. Raten – Ratten. Ob da ein Zusammenhang bestand? Und dann war ihr Zimmer auch noch mit Rattanmöbeln eingerichtet. Das gab mir zu denken.
“Jetzt rate doch endlich”, drängelte sie.
“Socki und Flocki haben einen Schönheitswettbewerb gewonnen.”
“Lauwarm.”
“Du hast einen Schönheitswettbewerb gewonnen.”
“Bitterkalt.”
Also hatte das große Geheimnis mit Ratten zu tun, nicht mit Schönheit. “Flocki kriegt Junge.”
“Kühl.”
“Du kannst endlich verstehen, was die beiden reden.”
Sinja hatte “Die Mystery-Agenten” auch gelesen. Mica kann in dem Buch verstehen, was Marty sagt, weil sie magische Ohren hat. Sinja wollte unbedingt auch magische Ohren haben und übte täglich, indem

sie Socki und Flocki in die Augen sah und darauf wartete, dass sich Weite und Schwindelgefühl in ihr ausbreiteten und sie mit den beiden in Verbindung stand. Dass es bis jetzt nicht geklappt hatte, lag entweder daran, dass es nun mal keine magischen Ohren gab, oder daran, dass Socki und Flocki nie lang genug still hielten.

"Leider eiskalt."

"Jetzt sag halt, was los ist."

"Hast du heute Vormittag Regionalfernsehen geschaut?"

"Nö."

"Dann komm rüber und lass dich überraschen."

Da war ich ja wirklich gespannt. Bevor ich losflitzte, schaute ich erst noch bei Ed rein. "Du, ich geh zu Sinja. Erzähl mir schnell was Langweiliges für Jan."

Ed verstand sofort, was ich von ihm wollte. "Let me think. Ah, this will **work**: Matter consists ..."

"Aber bitte auf Deutsch, sonst kann ich es mir nicht merken", unterbrach ich ihn.

"Na gut. Also: Materie besteht zu 99,9% aus leerem Raum. Der Abstand zwischen den Elementarteilchen in einem Atom ist riesengroß, verglichen mit der Größe der Teilchen. Wenn man alles dicht an dicht packen würde, wäre die Erde beispielsweise nur noch so groß wie ein Fußball. Dass das nicht möglich

---

work funktionieren

ist, liegt an den zwischen den Teilchen wirkenden Kräften. Da wäre einmal die schwache Kernkraft ...”
“Halt, das müsste reichen. Mehr kann ich mir sowieso nicht merken. Danke.” Und schon stürmte ich davon.
Sinjas Bruder Jan öffnete, noch bevor ich geklingelt hatte. Sein Zimmer lag im Erdgeschoss, gleich neben dem Eingang. Er lauerte förmlich darauf, dass jemand kam, den er piesacken konnte. Ich war sein Lieblingsopfer.
“Ah, unser Filmstar”, begrüßte er mich und blockierte den Flur. Jan hatte neulich wieder einen Wachstumsschub gemacht, und zwar sowohl in die Höhe als auch in die Breite. An ihm würde jetzt nicht mal eine Maus vorbeikommen.
“Warte.” Er durchwühlte eine Kommode und brachte einen roten Schal zum Vorschein. Den entrollte er den Flur entlang, wie einen roten Teppich. “Na, ist das eine standesgemäße Begrüßung?”
“Du nervst. Kann ich jetzt zu Sinja?”
Er wich keinen Millimeter zurück. “Mit so einfachen Menschen wie mir gibst du dich jetzt natürlich nicht mehr ab, ist schon klar. Aber du solltest dir bewusst sein, dass 90% aller Statisten später aus dem Film rausgeschnitten werden.”
Damit hatte er mir genau das richtige Stichwort gegeben. “Und dir sollte bewusst sein, dass du zu 99,9% aus leerem Raum bestehst.”

“Jetzt werd mal nicht frech, Lütte.”
“Das ist nicht frech, das ist Physik. Die Elementarteilchen in den Atomen sind nämlich gar nicht nahe beisammen, sondern haben noch ganz viel Platz dazwischen. Man könnte die Erde klitzeklein zusammenquetschen, wenn die Kräfte dazwischen es nicht verhindern würden. Da wäre einmal die schwache ...”
“Hör auf mich vollzutexten.” Er verschwand in seinem Zimmer. Der Trick hatte mal wieder prima funktioniert.
Ich hastete die Treppe hoch, stürzte ohne Anklopfen in Sinjas Zimmer, schlug die Tür hinter mir zu und lehnte mich von innen dagegen. Ich atmete schwer.
“Schnell! Leg alle Riegel vor, aktiviere das Zahlenschloss und fahr die Tarnvorrichtung hoch.”
Sinja, die an ihrem PC saß, klatschte Beifall. “Tolle Vorstellung. Wirst du von menschenfressenden Monstern verfolgt oder ist es schlimmer?”
“Viel schlimmer. Dein Bruder! Aber ich konnte ihn mit einer Physikvorlesung in die Flucht schlagen.” Ich stieß mich von der Tür ab. “Und jetzt raus mit der Überraschung.”
“Heute Früh kam etwas über das Filmteam auf Darß. Das hab ich für dich aufgenommen.”
“Wahnsinn.” Ich zog mir einen Stuhl heran und starrte gebannt auf den Monitor. Sinjas PC war absolut cool. Sie konnte mit ihm sogar DVDs brennen.
Sinja startete die Wiedergabe.

VALANNA LIEGT AUF DARSS

Eine Woche Außendreh an Deutschlands schönstem Naturstrand

Auch die Filmcrew und die Schauspieler fühlen sich wohl auf Darß. Alicia Morton, die eine der Hauptrollen spielt, ist in England ein bekannter Kinderstar. Ihre erste Rolle hatte sie mit sechs Monaten in einem Werbespot für Höschenwindeln.

Solche Probleme kennt der eigentliche Star des Films nicht. Die Ratte Jackson wird von ihrem Trainer Jack Harrington mit einer ausgewogenen Diät aus Körnern und Obst ernährt.

Aren't we a perfect team? Mica and Marty as they live and breathe. Of course Jackson will be dubbed. He can't say anything but eeek.
Sind wir nicht ein perfektes Team? Mica und Marty höchstpersönlich. Natürlich wird Jackson synchronisiert. Außer einem Fiepen kann er nichts von sich geben.
And these little fellas are Jackson's stand-ins Jackie and Jacko.
Und diese kleinen Kerlchen sind Jacksons Doubles Jackie und Jacko.
Of course I have a stand-in, too. Her name is Belinda and she looks like my twin sister.
Natürlich habe ich auch ein Double. Sie heißt Belinda und sieht wie meine Zwillingsschwester aus.

Jackson is a special breed. He's far more intelligent than normal rats. That's why he won the BAFTA Award.
Jackson ist eine spezielle Züchtung. Er ist wesentlich intelligenter als normale Ratten. Darum hat er auch den BAFTA Award gewonnen.
I've been nominated for a film prize twice, as well.
Ich war auch schon zweimal für einen Filmpreis nominiert.
"Man kann gespannt sein auf 'The Mystery of Valanna' mit der superklugen Ratte Jackson in der Hauptrolle. Denn ab Montag heißt es am Weststrand: 'Aaaand Action!'"

“Diese Alicia ist ja eine totale Zicke”, fand ich. “Hast du gehört, wie die spricht? Ganz führnehm und so kalt. Als hätte sie Zähne aus Eis und eine Zunge aus Edelstahl.”
“Sie hat ihre Karriere als Model für Windeln begonnen”, kicherte Sinja. “Wäre das nicht auch etwas für dich gewesen?”
“Ne, danke. Die ist bestimmt so ein typischer Kinderstar, der von seiner Mama zu jedem Casting geschleppt wird.” Solche Ambitionen hatte meine Mam zum Glück nie gehabt. Die war froh, wenn ich anständige Schulnoten schrieb, pünktlich heimkam und nicht täglich darauf bestand, dass es Gnocchi zum Mittagessen gab.
“Wozu braucht Alicia eigentlich ein Double?”, wollte Sinja wissen.
“Zum Beispiel als Lichtdouble.”
“Und was genau ist ein Lichtdouble?”
“Jemand, der dem Star ähnlich sieht und für ihn die unangenehmen und langweiligen Sachen macht. Proben für die Licht- und Tontechnik, Aufnahmen aus großer Entfernung oder von hinten, das ganze Drumherum. Große Stars wie Julia Roberts und Antonio Banderas haben so was.”
Sinja schüttelte den Kopf. “Und kleine Stars wie Ratten und Alicia Morton anscheinend auch. Und diese Doubles machen dann auch die gefährlichen Szenen, ja?”

“Nein, dafür gibt es Stunt-Doubles. Und für Nacktszenen gibt es Body-Doubles, die eine bessere Figur haben als der Star. Manche haben sogar verschiedene Body-Doubles für verschiedene Körperteile. Hände, Po ...”

“Wozu braucht man überhaupt noch Schauspieler?”, unterbrach mich Sinja. “Wenn die sowieso ständig gedoubelt werden!”

Filmpreis für eine Ratte

Am Montagmorgen war im Foyer des InterCity-Hotels ganz schön was los. Anscheinend hatten sich im Laufe des Samstags noch genug Leute zum Casting eingefunden, jedenfalls wimmelte es jetzt von schwarzhaarigen Statisten mit mehr oder weniger indianischem Aussehen.
Ed stupste mich an und deutete mitten in die Menschenmenge. "Schau, da ist Janet." Er riss mir den Vertrag aus der Hand.
"He, den kann ich ihr selber geben!"
Aber Ed war schon abgezischt. Na gut, sollte er eben flirten. Ich sah mich nach bekannten Gesichtern um. Der weißhaarige Professor Wuddel lehnte an der Rezeption und drückte einen Zigarettenstummel in einen Aschenbecher. Mrs Blott, die Produzentin mit den hochtoupierten Haaren und dem Riesenhörgerät, schob aus welchem Grund auch immer einen Stuhl die Wand entlang.
"So, erledigt." Ed war wieder neben mir aufgetaucht. "Janet sagt, ich könnte dich so gegen sechs hier wieder abholen. Ich verkrümel mich jetzt. Kommst du alleine klar?"
"Klar komme ich klar."
"Dann ist ja alles klar."
Wir grinsten uns an, dann war er weg und ich konn-

te endlich ein bisschen zittern und mit den Zähnen klappern, ohne dass er mich deswegen aufzog.
“Du bist doof!”, hörte ich jemanden kreischen.
“Selber doof!”, krisch es zurück.
“Selber selber doof!”
“Oberselberdoof!!!”
Das konnten nur die Zwillinge sein. Wie hielt die Mutter das bloß aus? Sie stand seelenruhig da und studierte eine Infotafel, während ihre Jungs sich boxten und dabei versuchten, dem Wort “doof” immer neue Steigerungen hinzuzufügen.
“What does ‘oberselberdoof’ **mean**?”, fragte jemand hinter mir. Ich drehte mich um. Brian Tennerman hatte die Hände in den Hosentaschen und kaute Kaugummi. Nach einigem Wühlen zog er eine Hand aus der Tasche und reichte mir einen total zerknickten Kaugummistreifen. “Want some?”
“No, thanks. ‘Obserselberdoof’ means really, really, really stupid.”
“German is a difficult language. I’m learning it at school. Aber ick kann es nickt gud”, gestand Brian.
“‘Oberselberdoof’ brauchst du dir nicht zu merken. That’s not a **real** word, it’s **just nonsense**.”

---

mean bedeutet
real echtes
just nur
nonsense Unsinn

"Oh, **I see**." Er steckte den Kaugummi wieder in die Tasche.
"May I have your **attention**, please!", ertönte es über unsere Köpfe hinweg. Mrs Blott war auf den Stuhl gestiegen. Ihr Haarturm stieß fast an die Decke. "Thank you for coming. **Everybody seems to be here now**. So **we can board the bus** that'll take us to Darß. Please **take along** all your bags and other **stuff**. And **stub out** your cigarettes, please. No **smoking** in the bus. When we **arrive**, my assistant Janet will give you **further instructions**. Please **follow** me outside."
Ohne auf Mrs Blott zu warten, stürmten alle zum Ausgang, die Zwillinge drängelnd und schubsend voraus. Ich hatte mal gelesen, dass man einem richtigen Schauspielprofi vor allem an seiner Arbeitsdisziplin erkennt, also hielt ich mich vornehm zurück

---

I see ich verstehe
attention Aufmerksamkeit
Everybody seems to be here now. Jetzt scheinen alle da zu sein.
we can board the bus wir können in den Bus steigen
take along nehmen Sie ... mit
stuff Sachen
stub out drücken Sie ... aus
smoking rauchen
arrive ankommen
further weitere
instructions Anweisungen
follow folgen Sie

und wartete, bis Brian Mrs Blott vom Stuhl geholfen und den Stuhl wieder an seinen Platz getragen hatte. Der Bus würde schon nicht ohne uns wegfahren.
“Ist das nicht total unpraktisch, wenn ihr hier in Rostock wohnt und jeden Tag nach Darß fahren müsst?”, fragte ich auf dem Weg über den Parkplatz.
Brian zog die Nase kraus. “Excuse me?”
“Oh, sorry, I forgot that your German isn't so good. I was asking why you're all staying in a hotel in Rostock. Isn't that **unpractical**?”
“No, we're not staying in Rostock. We're all in a hotel in Prerow. The hotel here is only a **meeting place** where the bus **collects** the extras.”
“Extras? Was für Extras sammelt der Bus denn ein?”
“Well, people like you. How do you say that in German? Statistik?”
“Ach so, Statisten. Merkwürdige Bezeichnung.”
Der Reisebus war rammelvoll, aber die vordere Reihe war für die Crew reserviert, und die bestand momentan nur aus Mrs Blott, Janet und Brian, also war noch ein Platz für mich frei.
Wir fuhren über die B105 Richtung Stralsund. Ich kannte die Strecke in- und auswendig, aber so früh am Morgen und in so einer besonderen Stimmung

---

unpractical unpraktisch
meeting place Treffpunkt
collects einsammelt

war ich sie noch nie gefahren. Alles kam mir mit einem Mal ganz unwirklich vor.
“I saw Jackson on TV”, erzählte ich.
“Oh yeah, we all saw it. Alicia was furious.”
Ich musste überlegen, was ‘furious’ hieß. Wütend. Sehr wütend. Oberselberwütend! “Why was she angry?”
“Because they said that Jackson was the star of the film. She wants to be the star. But Jackson is really a fantastic actor. He **recently** won a BAFTA Award.”
Das war in dem Fernsehbericht auch gesagt worden. Mit Filmpreisen kannte ich mich natürlich aus. Die BAFTA ist die British Academy of Film and Television **Arts**. Der Preis, den sie jährlich vergeben – eine goldene Theatermaske auf einem Sockel – ist in England so angesehen wie der Oscar in den USA. Aber eine Ratte kann doch nicht ernsthaft einen Filmpreis gewinnen, oder? “This must be a joke.”
“**No, I’m serious**. Jackson played the **main part** in ‘Rats of **Doom**’.”
“And how did he **accept** the award? Did he take it with his **paws**? Or did he sit on it?”

---

recently vor kurzem
arts Künste
No, I’m serious. Nein, das ist kein Witz.
main part Hauptrolle
doom Verhängnis
accept entgegennehmen
paws Pfoten

Brian lachte. "No, of course not. His trainer Jack Harrington accepted the award **while** Jackson was sitting on his shoulder."

"Tell me about Jackson's stand-ins."

"Jack Harrington's got **a big colony of rats** at home in London. There are Jackson's stand-ins Jackie and Jacko. And then there are Jacklyn, Jackman, Jackrat, Jackerel and Jacqueline."

"That's funny", sagte ich. "My brother Ed did **the same thing** with the fish in his aquarium. He called them Edward, Edison, Edgar, Edwin, Edda and Edmond. But none of them is named after his real name, because he thinks it's **ridiculous**."

Das machte Brian natürlich neugierig.: "And what is his real name?"

Eigentlich wollte ich das nicht verraten, also deutete ich es nur an. "My parents named him after the town where ... where they made him." Ich merkte, dass ich rot im Gesicht wurde. "They were on holiday in Scotland when it **happened**."

Brian grinste. "Oh, so I **guess** his name is Edinburgh."

---

while während
a big colony of rats eine große Rattenkolonie
the same thing dasselbe
ridiculous lächerlich
happened passierte
guess vermute

Volltreffer. Edinburgh Paulsen – wirklich ein schwachsinniger Name. Aber mich hätte es beinahe noch schlimmer getroffen. Hoffentlich fragte Brian nicht danach. Doch das tat er prompt.
"That's cool. And how about you? Is there a town called Cora **where you were conceived**?"
Ich war tatsächlich auch im Urlaub gezeugt worden. Im sonnigen Süden. "No, there's no town called Cora, **as far as** I know. But there's a town in Spain called Córdoba. That's what my parents wanted to call me. But the – wait a second." Ich zog das Englischwörterbuch, das ich sicherheitshalber eingepackt hatte, aus meiner Tasche und schlug das Wort "Standesbeamter" nach. "The registrar said that Córdoba wasn't a girl's name, so they called me Cora **instead**."
Er fand das superwitzig. "I'm **glad** my parents didn't have such **crazy** ideas, because then my name would be Ipswich. Ipswich Tennerman. Does that **sound** stupid or what?"
Aber ich war in Gedanken schon ganz woanders, denn bei Ipswich dachte ich an Sandwich. So lang-

---

where you were conceived wo deine Mutter mit dir schwanger geworden ist
as far as soweit
instead stattdessen
glad froh
crazy verrückte
sound klingt

sam bekam ich Hunger. Vor lauter Aufregung hatte ich nicht richtig gefrühstückt, nur schnell einen Kakao hinunter gestürzt. “Can I get anything to eat on the set?”, erkundigte ich mich.
“Of course. We’ve got **catering**.”
Eine Sorge weniger. “What scenes are we going to shoot today?”, löcherte ich Brian weiter.
“Today, we’re shooting in the forest. Tomorrow we’ll **move** to the beach.”
Da man den Strand an Land nur zu Fuß oder mit dem Fahrrad durch den Darßwald erreichen konnte, hatte das Filmteam Boote gemietet, mit dem die Ausrüstung und die Schauspieler zum Strand gebracht wurden. Die Dreharbeiten wurden zusätzlich erschwert durch die Naturschutzauflagen, die zu erfüllen waren. Der Strand und der Wald durften auf keinen Fall verändert werden. “We mustn’t leave behind any **garbage**”, sagte Brian. “And we mustn’t be too loud, so the birds won’t be **disturbed**.”
“Then it wasn’t **such a** good idea to cast the **twins**”, sagte ich mit einem Blick nach hinten den Gang entlang, wo die Zwillinge gerade einen Wett-

---

catering Verpflegungsservice
move umziehen
garbage Müll
disturbed gestört
such a so eine
twins Zwillinge

bewerb im “Sich-ans-Schienbein-kicken” austrugen und dabei abwechselnd in lautes Geheul ausbrachen. Brian lachte mal wieder. Er war anscheinend immer gut drauf. “Don’t worry, they’re not half as loud as you when you’re singing.”

Tennerman tobt

Der Bus hielt am Ortsrand von Prerow, direkt an dem wilden, vom Wind gekämmten Wald aus Kiefern, Lärchen, Buchen und Eichen. Dort warteten auf einem Wanderparkplatz vier lange Wohnwagen auf uns – richtige Trailer, wie sie auch in Hollywood an Filmsets herumstehen. Außerdem war unter einem Zeltdach ein leckeres Buffet aufgebaut. Das war also das Catering. Prima. Ich fühlte mich schon wie daheim.

Janet erklärte uns, was als nächstes zu tun war.

Erst würden wir unsere Kostüme bekommen, und zwar Kaftane, wie die Tiavalanna sie tragen. Das geschah in dem gelben Wohnwagen.

Im blauen Wohnwagen wurden wir anschließend geschminkt und frisiert.

In den beiden anderen Trailern machten sich die Schauspieler zurecht. Das heißt: die "richtigen" Schauspieler. Dazu gehörten wir nicht.

Sofort bildete sich eine lange Schlange vor dem gelben Wohnwagen. Brian murmelte "**See ya**", und kletterte einen Baum hoch. Er war so geschickt wie ein Affe. Das hätte ich diesem blassen Kerl gar nicht zugetraut.

See ya. Bis später. (*umgangssprachlich für* see you)

Ich beschloss, mich erst mal am Buffet zu bedienen. Dort standen bereits einige Leute herum, darunter ein Mädchen, das mir irgendwie bekannt vorkam. Aber sie war bestimmt keine von den Statisten, denn sie hatte einen langen, blonden Zopf und sah mit ihren Sommersprossen überhaupt nicht indianisch aus. Sie trug eine schmale, schwarzgerahmte Brille.
"Hi", sagte sie. "Are you one of the extras?"
"Yes, I'm Cora."
"I'm Belinda."
"You're Alicia's stand-in?" Daher war sie mir also bekannt vorgekommen. Ich stellte mir ihre Haare offen vor und dachte mir die Brille weg. Ja, das haute hin, sie sah ihr wirklich verdammt ähnlich. Aber sie war viel netter. Ihre Stimme war warm und freundlich. "You really look a lot like Alicia."
"Like twins", sagte sie.
"Is this the first time you're in Germany?"
"Yes, I arrived last night. I really like it here. I can't wait to take a walk on the beach. Everybody says it's so romantic."
Ich schaute, was auf dem Buffet alles aufgebaut war. Jede Menge belegte Brötchen, Obst und Croissants. Ich konnte mich nicht entscheiden.
"Try one of these." Belinda zeigte auf ein Käsebrötchen. "They're **yummy**."

---

yummy lecker

"Thank you." Ich nahm ein Käsebrötchen und biss hinein. Wirklich oberlecker.
Ich erinnerte mich an meine Pflichten und stellte mich an der inzwischen kürzer gewordenen Schlange vor dem gelben Trailer an. Es kamen auch schon die ersten fertig umgezogenen Statisten aus dem Wagen. Ihre Kaftane waren wunderschön bunt und mit herrlichen Mustern bedruckt. Blumen, Vögel, Schmetterlinge und Delfine. Endlich durfte ich als Letzte in den Trailer klettern. Ich wurde von einer Frau begrüßt, die so von Stoffen bedeckt war, dass ich nicht erkennen konnte, was sie selber anhatte.
"Hi, I'm Mariah."
"Hi, I'm Cora."
"Ah, right, you're playing Illa."
Na, das war ja bestens organisiert hier, wenn sie gleich wusste, für welche Rolle ich eingeteilt war.
Sie nahm mich bei den Schultern, drehte mich hin und her, griff in einen Stapel und hielt einen hellgrünen Kaftan mit kleinen blauen Delfinen an mich dran. "This one will **highlight** the colour of your eyes. **Try it on**." Sie deutete auf einen Vorhang, hinter dem ich mich umziehen konnte.
Kaum hatte ich den Kaftan an, fühlte ich mich wie ein anderer Mensch – wie ein richtiger Tiavalanna

---

highlight betonen
Try it on. Probier's mal an.

eben. So geht es allen guten Schauspielern, sie verschmelzen total mit ihrer Rolle.

"Wow, der sieht toll aus." Ich drehte mich vor einem Wandspiegel hin und her. "It looks great, doesn't it?"

"Yes, it looks **as if** it were made for you", stimmte mir Mariah zu.

Jemand steckte den Kopf zur Tür rein. "Mariah, have you seen Alicia?"

"She hasn't come to get her **costume** yet. Why?"

Da verschwand der Kopf auch schon wieder. Mariah zuckte unter vielen Stofflagen die Schultern. "It's like a beehive."

Auf dem Weg zum blauen Wohnwagen schlug ich das Wort nach. "Beehive" hieß Bienenstock. Ich summte vor mich hin wie ein eifriges Bienchen und reihte mich in die nächste Schlange ein, die schon recht kurz war.

Wenige Minuten später durfte ich mich auf einen Stuhl vor einer langen Spiegelwand setzen. Nach der gedämpften Stille im Umkleidewagen ging es hier drin wirklich wie in einem Bienenstock zu.

Drei Visagistinnen zupften, puderten und frisierten an sechs Leuten herum und redeten dabei ununterbrochen. Ich konzentrierte mich und versuchte,

---

as if als ob
costume Kostüm

so viel wie möglich von dem englischen Geplapper zu verstehen. So erfuhr ich, dass Belinda gestern Abend zusammen mit Liz Morton, Alicias Mutter, angekommen war. Liz war außerdem Alicias Managerin.

"Belinda is such a **lovely**, **well-behaved** girl", sagte eine Frau, die tausend Haarklammern an ihrem Blusenkragen befestigt hatte. "She and Alicia may look **alike**, but they're totally **different** characters. But what can you **expect** with a mother like that? Liz Morton thinks Alicia is the bee's knees."

Alicia war ein Bienenknie? Ich zog wieder mein Wörterbuch zu Rate. Ne, nicht Bienenknie. Bee's knees war eine dieser merkwürdigen Redewendungen und bedeutete, dass Liz Alicia für die Größte hielt.

Als Nächstes rätselten die Visagistinnen darüber, wie viele Schönheitsoperationen Liz wohl schon hinter sich gebracht hatte. Mrs Blott, hieß es, sei kreuzunglücklich, weil sie ihre Suite mit Liz teilen musste. "Blotty **offered** to **swap** rooms, so that Liz and

---

lovely reizend
well-behaved wohlerzogen
alike ähnlich
different verschieden
expect erwarten
offered bot an
swap tauschen

Alicia could **share** her suite while she **moves in** with Belinda."

Blotty – was für ein krasser Spitzname! Jedenfalls hatte Liz das Angebot nicht angenommen und darauf bestanden, dass die Mädchen sich ein Zimmer teilten und Gelegenheit hatten, sich richtig kennen zu lernen.

Mir schwirrte der Kopf, als ich endlich wieder im Freien stand. Niemand hatte mir gesagt, wo ich als Nächstes hin musste. Ich sah mich nach einem bekannten Gesicht um, nach Janet oder Brian oder Blotty. Es wimmelte am Set inzwischen von Kabelträgern, Toningenieuren und anderen Filmleuten, die alle irgendetwas Dringendes zu tun hatten und mit wichtigen Gesichtern Sachen hin und her trugen, in Handys quatschten oder sich Notizen machten.

Etwas abseits, am Parkplatz, stand Belinda und sah so verloren aus wie ich mich fühlte. Ich ging zu ihr. "It's like a beehive", sagte ich.

Sie nickte. "Oh, it is **indeed**."

"Is this your first film?"

"I've done **commercials and such**. Liz Morton saw me in **one of them** and thought I was the per-

---

share teilen
moves in einzieht
indeed in der Tat
commercial Werbesendung
and such und so was
one of them einer davon

fect stand-in for her daughter. That's why she **brought** me here. I was very **excited** about the **offer**, but it's all so new to me. I'm not **quite** sure what to do next."

Ging mir genauso.

Andrew Tennerman kam angewetzt. "Has anyone seen Alicia?", rief er schon aus der Ferne. "Belinda", fragte er, als er uns erreicht hatte. "Have you seen her?"

"Yes, of course. She was **still** sleeping when I got up."

Tennerman wurde fuchsteufelswild. "**How dare she**! Everybody has to be here when we start shooting, **whether** they have a stand-in or not. Who does she think she is? **Someone special**? That's an idea her mother put in her head."

Belinda sah total zerknirscht aus. "But you don't need her **at the moment**. I'll do all the pre-shooting stuff for her. That's why Mrs Morton **hired** me."

---

brought mitgebracht hat
excited aufgeregt
offer Angebot
quite ganz
still noch
How dare she! Was fällt der ein?
whether ob
someone special jemand Besonderes
at the moment im Augenblick
hired eingestellt hat

Aber damit erwischte sie Tennerman auf dem falschen Fuß. Jetzt wurde er richtig laut.
“**I don’t give a damn** what Mrs Morton does. I’m the boss, and I make the **rules**.”
Ich verstand nicht genau, was er sonst noch brüllte, aber es war klar, dass er Alicia für eine eingebildete Zicke hielt, die glaubte, sich hier irgendwelche Sonderrechte herausnehmen zu können. Belinda zog den Kopf ein und wagte noch zu sagen: “But ...”
Weiter kam sie nicht. Tennerman donnerte erneut, jeder hätte pünktlich am Set zu sein, egal ob er ein Double hatte oder nicht. Er würde jetzt ins Hotel fahren und Alicia an den Ohren hierher schleifen, wenn es sein musste.
Belinda war den Tränen nahe. “Please, let me ...”
Da war Tennerman schon weg. “**Shit**”, sagte Belinda. Sie sah total verstört aus. “**What a mess**.” Sie schluckte, schüttelte immer wieder den Kopf und sah sich Hilfe suchend um.
Ich konnte gut nachempfinden, wie sie sich fühlte. Ich war selbst ganz durcheinander von dem Geschimpfe, auch wenn ich nur die Hälfte verstanden hatte und nicht mal gemeint gewesen war. Ich bin solche Wutausbrüche einfach nicht gewöhnt. In

---

I don’t give a damn es ist mir scheißegal
rules Regeln
Shit Scheiße
What a mess. Was für ein Chaos.

meiner Familie geht es immer sehr leise zu, nicht nur beim Zeitunglesen. Am liebsten hätte ich mich in eine dunkle Ecke verdrückt.
Brian kam angelatscht, die Hände in den Hosentaschen und jede Menge Kaugummis in den Backen. "What was all that **noise** about?"
Belinda sagte nichts. Sie war völlig mit sich selbst beschäftigt, kaute auf ihrer Unterlippe herum und murmelte vor sich hin.
Ich erklärte Brian, dass sein Vater sauer war, weil Alicia heute ausschlief. "He said he's going to **drag** her here by her ears. Do you think he'll really do it?"
"Wouldn't **surprise** me", meinte Brian unbeeindruckt. "He **can't stand it** when people are **undisciplined**."
Ein roter Mini kurvte in die Parklücke, die Tennerman freigemacht hatte. Auf der Fahrerseite stieg Mrs Blott aus. Sie rückte ihren Haarturm zurecht, der eine bedenkliche Schräglage eingenommen hatte. Ich fand, sie brauchte dringend ein Cabrio oder wenigstens ein Auto mit Schiebedach. Auf der Beifahrerseite stieg eine Frau aus, die Mrs Blott wohl im Hotel abgeholt hatte. Sie war schlank, fast schon mager,

---

noise Lärm
drag schleifen
surprise überraschen
can't stand it kann es nicht ertragen
undisciplined undiszipliniert

hatte hellblond gebleichte Haare, war grell geschminkt und mit reichlich Schmuck behängt. Ich wäre jede Wette eingegangen, dass das die unbeliebte Mutter der ebenso unbeliebten Alicia war.
“Hi, Belinda **darling**”, flötete sie zuckersüß.
Belinda wirkte erleichtert, dass sie Verstärkung bekommen hatte. Sie rannte zu Liz Morton und redete sofort auf sie ein. Liz zog Belinda hinter den Bus, wo sie verschwörerisch die Köpfe zusammensteckten.
Ich wollte Brian gerade fragen, was denn jetzt eigentlich von mir erwartet wurde. Nicht, dass ich auch noch angebrüllt wurde, weil ich nicht pünktlich da stand, wo ich stehen sollte. Doch da klingelte Brians Handy. “My dad”, sagte er nach einem kurzen Gespräch. Dann rief er zu den Bussen: “Belinda, dad wants you to come to the hotel and open your room. Alicia **won't answer the door**, and the **receptionist refuses** to **hand over** the key.”
Ich stellte mir vor, wie Andrew Tennerman wild auf die Tür einhämmerte und wie Alicia verängstigt auf der anderen Seite kauerte und sich nicht traute, ihm zu öffnen. Wenn mein Paps an eine Tür klopft, dann

---

darling Liebling; *Anrede für Menschen, die man mag. Kinder werden manchmal auch von Fremden so angesprochen.*
won't answer the door geht nicht an die Tür
receptionist Empfangsdame
refuses weigert sich
hand over aushändigen

ist es nur ein Hauch, so als hätte ein Holzwurm gehüstelt.
Belinda erschien. “Can you take me there?”, fragte sie Mrs Blott. Die schien wenig begeistert von der Vorstellung, sich wieder in den Mini quetschen zu müssen. Sie gab Liz ihren Wagenschlüssel.
Brian nahm mich am Kaftanärmel und plötzlich saßen wir beide hinten im Auto. Er zwinkerte mir zu. “I’d like you to meet someone who is really, really nice.”

Tierische Begegnungen

Nach wenigen Minuten Fahrt hielten wir am Hotel Waldschlösschen, dem elegantesten Hotel auf der Halbinsel. Belinda ging an die Rezeption und bat um ihren Zimmerschlüssel. Ihre Hände zitterten. Das wurde nicht besser, als Andrew Tennerman auftauchte und aufzählte, wo er Alicia überall gesucht und nicht gefunden hatte: im Restaurant, in der Sauna, im Schwimmbad, an der Vitaminbar, im Solarium. Immerhin kannte er jetzt jeden Winkel im Waldschlösschen.

Liz nahm Belinda an der Hand und sie gingen die Treppe hoch, gefolgt von Tennerman, der wild entschlossen schien, sich so lange aufzuregen, bis Alicia gefunden worden war.

Brian sagte: "Kira."

"My name's Cora, not Kira", verbesserte ich ihn, da schoss plötzlich hinter einer Topfpalme etwas Goldbraunes hervor, das von Kopf bis Fuß zu wedeln schien.

"Kira, good girl", sagte Brian und knuddelte die Golden-Retriever-Hündin, die sich vor Freude schier nicht mehr einkriegte. Dann weitete sie ihre Liebesbezeugungen auf mich aus und warf mich vor Wonne fast um.

Brian zog sie am Halsband ein Stück zurück und

befahl ihr sich hinzusetzen, was sie auch sofort tat. "She **belongs to** the hotel and she's one of our extras, too. She's going to play Illa's dog. It was my idea. When I saw Kira, **I fell in love** with her and told my dad we **have to** have her in the film, **even though** there's no dog in the script."

Kira war also meine Filmpartnerin. "She's lovely." Ich klopfte ihre weiche Flanke. "And very well-behaved."

Brian und ich ertappten uns gegenseitig, wie wir verstohlen zur Treppe blickten. "I'd love to know what your dad and Belinda are doing up there."

Er grinste und ging voraus.

Im ersten Stock stand eine Zimmertür offen. Tennerman lehnte mit verschränkten Armen am Türrahmen. "I can't believe it. Everything's ready, the weather's perfect, and our **lead is missing**."

Also war Alicia nicht in dem Zimmer, das sie mit Belinda teilte. Als wir näher kamen, sah ich, dass Liz und Belinda die Suche noch nicht aufgegeben hatten. Belinda sah unters Bett, Liz öffnete alle Schranktüren.

---

belongs to gehört zu
I fell in love ich habe mich verliebt
have to müssen
even though obwohl
lead Hauptdarstellerin
is missing wird vermisst, fehlt

“Maybe Kira could help **search** for her”, schlug ich vor.
Brian zuckte die Schultern. “I don’t think she’s **trained** as a **search dog**.”
Auf der gegenüberliegenden Seite ging eine Tür auf und ein Mann erschien. Er trug ein rotes Hemd über einem braun-grün karierten T-Shirt, dazu lilafarbene Shorts. Mariah hätte ihre Freude an ihm gehabt. “**What’s up**?”, fragte er.
“Alicia’s missing”, sagte Tennerman. “**Did you happen to see her** this morning?”
“Me? No.”
Brian schubste mich an. “Would you like to meet Jackson?”
Ich nickte eifrig.
“Jack, this is Cora, she’d like to say hello to Jackson.”
Der bunt gekleidete Mann war also Jack Harrington. Als er näher kam, erkannte ich ihn auch aus dem Fernsehbericht. Er bat uns in sein Zimmer. “Jackson is doing his **warm-up**.”
Ich erkannte auch das Zimmer wieder. Die drei Ratten waren in ihrem Käfig. Zwei davon schliefen an-

---

search suchen
trained abgerichtet
search dog Spürhund
What’s up? Was ist los?
Did you happen to see her? Haben Sie sie zufällig gesehen?
warm-up Aufwärmübungen

einander gekuschelt. Die dritte tobte sich aus. Jacksons Warm-up bestand darin, dass er über eine komplizierte Anordnung von Röhren, Seilen und Wippen kletterte. Jack Harrington schnalzte mit der Zunge, woraufhin Jackson sofort stehen blieb und sich auf den Hinterpfoten aufrichtete. Jack öffnete den Käfig und hielt seine Hand hinein. Jackson sprang ihm auf die Handfläche. Jack schnalzte erneut und Jackson machte sofort wieder Männchen. Ich hielt ihm meine Finger hin, damit er sie beschnuppern konnte.
Kira stand schwanzwedelnd daneben. Sie schien alles und jeden zu lieben, egal ob Mensch oder Tier.
Jackson kletterte auf meine Hand und kitzelte mit seinen Schnurrhaaren meine Handfläche. Ich streichelte ihn zwischen den Öhrchen. Es klopfte heftig an der Tür. Jack öffnete. Da stand Tennerman, der sich zum Glück etwas abgeregt hatte. "We'll start shooting. Get ready."
"Did you find Alicia?", fragte Brian seinen Vater.
"No. She's **simply disappeared**."
"Maybe Belinda could play her role **until** she **turns up**."
Mir schien, Brian liebte es, seinem Vater beim Casting der Rollen dreinzureden.

---

simply einfach
disappeared verschwunden
until bis
turns up auftaucht

"Belinda isn't a **trained actress**."
"Give her a chance."
"Maybe it's **worth a try**. Belinda!", rief Tennerman in das andere noch offene Zimmer, "Come over here."
Artig trat sie näher.
"Do you think you could play Alicia's part?"
Belinda warf Liz einen fragenden Blick zu. Die nickte und sagte dann zu Tennerman: "I saw Belinda in a TV commercial. She's **talented**. But her **voice** is different."
"We can **dub** the scenes later."
Jack bestand darauf, erst zu testen, ob Jackson mit Belinda einverstanden war. Er nahm mir Jackson ab und setzte ihn auf Belindas Schulter. Dort schien er sich rattenwohl zu fühlen. Er schnupperte an ihrem Ohr und leckte das Ohrläppchen. Belinda strahlte. "He likes me."
Jeder mochte sie, warum sollte Jackson da eine Ausnahme machen?
So saßen wir dann schließlich alle in Tennermans Mercedes: Vorne Jack Harrington mit einem Trans-

---

trained ausgebildete
actress Schauspielerin
worth a try einen Versuch wert
talented begabt
voice Stimme
dub synchronisieren

portkäfig auf dem Schoß, während Belinda, Brian, Kira und ich uns auf die Rückbank quetschten.
Ich fragte mich, warum sich noch niemand Sorgen machte. Alicia schwänzte den Drehtag vielleicht gar nicht freiwillig, es konnte ihr ja auch etwas passiert sein.
Da ich am Set sicher nicht viel zu tun hatte, wollte ich meine freie Zeit nutzen und mich ein bisschen umhören. Während wir darauf warteten, dass Belinda geschminkt wurde, damit es losgehen konnte, umrundete ich die Wohnwagen. Kira folgte mir auf Schritt und Tritt. Brian hatte sich schon wieder aus dem Staub gemacht.
"Are you looking for me?", rief jemand von oben. Ich sah hoch. Brian hockte auf einem Trailer. Er sprang ins Gras, rollte sich ab und stand wieder auf, alles in einer einzigen, fließenden Bewegung.
Ich war beeindruckt. "You should be a stuntman."
Er grinste so breit, dass ihm fast der Kaugummiklumpen aus dem Mund fiel. "That's exactly what I'm going to be."

Tränen für die Presse

Nach all der Warterei und Sucherei ging es mittags endlich los. Meine Rolle war ziemlich einfach: Ich lief mit Kira an der Seite durch den Darßer Urwald. Zwei andere Statisten pflückten Plastikbeeren von einem Plastikstrauch. Die Zwillinge spielten unter Aufsicht ihrer Mutter am Waldrand.

Nach jedem Durchgang wurden die Beeren wieder an den Strauch gehängt, Kira und ich gingen an den Ausgangspunkt zurück, und die Zwillinge, die sich in jeder Drehpause stritten, wurden ermahnt. Tatsächlich waren sie sofort lammfromm, sobald die Kamera lief.

Die eigentliche Action spielte sich auf dem Waldweg ab: Belinda in ihrer Rolle als Mica ging mit einer älteren Schauspielerin namens Phyllis, die Micas Auftraggeberin Eva spielte, den Weg entlang. Mica und die Ratte Marty sind nämlich Mystery-Agenten, die den Fall eines verschwundenen Jungen auf Valanna lösen sollen. Jackson passte prima in die Rolle der rotzfrechen Ratte Marty.

Eine Kamera fuhr auf Schienen neben Belinda und Phyllis her. Ohne Brille und mit offenen Haaren sah Belinda Alicia tatsächlich verblüffend ähnlich. Professor Wuddel kam den beiden auf halbem Weg entgegen und wechselte zwei Sätze mit ihnen. Ich beneidete ihn glühend, aber morgen waren ja meine

Strandszenen dran, da konnte ich auch endlich einen Satz ins Mikro sprechen.
Andrew Tennerman schien mit Belindas Vorstellung zufrieden zu sein, jedenfalls brüllte er nicht mehr, sondern wirkte entspannt und recht beeindruckt.
Die Szene wurde so oft wiederholt, bis Kira und mir die Zunge raushing.
Ich war erstaunt, wie viele Kleinigkeiten schief gehen können. Es grenzt direkt an ein Wunder, dass Filme überhaupt je fertig werden.
Der Einzige, der seine Sache super machte, war Jackson, der die ganze Zeit auf Belindas Schulter saß. Jack Harrington lief hinter der Kamera mit und gab ihm anfangs noch Zeichen, wann er was zu tun hatte, aber nach zwei Durchgängen wusste Jackson auswendig, was von ihm erwartet wurde. Sein Timing war perfekt.
Mein Magen knurrte, und Kira hechelte mit dem Wind um die Wette. Endlich war die Szene im Kasten. Da in der nächsten Waldszene andere Statisten im Hintergrund zu sehen sein sollten, war für mich heute Drehschluss. Ich war so ausgehungert, dass ich mich schleunigst auf den Weg zum Catering-Buffet machte. Nach einer Portion Spagetti und Orangensaft für mich und einem Knochen und Wasser für Kira waren wir wieder fit.
Vor dem Umkleide-Trailer stand kein Mensch. Das war eine gute Gelegenheit sich umzuziehen, ohne

vorher Schlange stehen zu müssen. Mariah sah immer noch aus wie ein wandelnder Stoffberg. Ich fand es total nett von ihr, dass sie nicht über die Tomatensoßenflecken auf dem Kaftan schimpfte.

Als ich in Jeans und T-Shirt vor dem Wagen stand und überlegte, was ich als Nächstes tun sollte, sah ich, dass Leute von der Presse gekommen waren. Schnell holte ich mein Handy aus der Umhängetasche und rief Sinja an.

"Rate mal", meldete ich mich.

"Äh, du darfst die Hauptrolle spielen?"

"Schön wär's. Ne, die Hauptrolle ist verschwunden. Also natürlich nicht die Rolle, sondern die Darstellerin. Die Presse ist hier. Nimm sicherheitshalber alles auf, was im Regionalfernsehen kommt."

"Mach ich sowieso."

Ich ging rüber zu den Presseleuten, die hofften, von jemandem ein Interview zu bekommen. Na, da opferte ich mich doch gerne. Aber kaum hatte ich mich herangepirscht, wurde ich von Liz Morton unsanft zur Seite geschubst.

"**We're facing a real crisis here**", berichtete sie. "The star of the film cannot be found anywhere."

Der Reporter mit dem Mikro fragte überaus besorgt: "Has the famous rat Jackson disappeared?"

We're facing a real crisis here. Wir befinden uns hier in einer echten Krise.

Liz funkelte ihn wütend an. "No, of course not! Alicia Morton has disappeared. My **wonderful** daughter. She's a **gorgeous** actress, she's **incomparable**." Es folgte eine Lobeshymne auf Alicia, die darin gipfelte, dass Liz eine Träne hervorpresste und mit erstickter Stimme sagte: "If **anybody** knows where she is, please **call me**." Sie nannte ihre Handynummer und fing noch mal von vorn an, Alicias Karriere zu schildern, als wäre sie ein Weltstar, dabei hatte in Deutschland bisher noch niemand von ihr gehört.

Ich war so verdattert, dass ich meine Chance verpasste, dem Reporter über das aufregende Leben einer Statistin zu erzählen. Bis ich mich wieder gefangen hatte, war das Presseteam schon weitergezogen.

---

wonderful wunderbar
gorgeous hinreißend
incomparable unvergleichlich
anybody irgendjemand
call me rufen Sie mich an

Wilde Theorien

Ich ließ mich mit Kira unter einem Baum nieder, wo ich sie ausgiebigst beschmuste. Da raschelte es über mir und Brian fiel aus dem Baum. Das heißt, er sprang und federte elegant neben mir ab. "Let's take Kira back to the hotel", schlug er vor.

Diesmal gingen wir zu Fuß. Es war nicht besonders weit. Ich stellte unterwegs alle möglichen Theorien auf.

Erste Möglichkeit: Alicia war morgens einfach mal kurz spazieren gegangen, um richtig wach zu werden, und dabei war ihr etwas passiert. Sie konnte ertrunken sein oder von einem Auto angefahren.

Brian meinte: "That's **unlikely**. When she came back from her first walk, she said it was too windy here. She didn't enjoy it **at all**. So why should she go for **another** walk?"

Zweite Möglichkeit: Alicia hatte ihre nervige Mutter und den ganzen Filmrummel satt und war abgehauen. Sie war vielleicht längst auf dem Weg zurück nach England.

---

unlikely unwahrscheinlich
at all überhaupt (nicht)
another noch einen

Darüber lachte Brian. "You **mean**, she **left** because her mother arrived? That wouldn't surprise me. But how could she **book** a **flight** back? She's only a kid."
Dritte Möglichkeit: Jemand hatte Alicia entführt. Entweder auf ihrem morgendlichen Spaziergang oder direkt aus dem Hotel.
Brian machte eine Kaugummiblase, das half ihm wohl beim Nachdenken. "But how did the **kidnapper** get Alicia out of the hotel?"
"The kidnapper **knocks** at her door and says he has an **important message** from your dad. Alicia **certainly** doesn't know **everyone** who works on the set, so she believes him. Or he says he's from the press. Alicia likes to be interviewed."
"But when she **finds out** that he wants to kidnap her, she **screams** and **fights**."

---

mean meinst
left ist weggegangen
book buchen
flight Flug
kidnapper Entführer
knocks klopft
important wichtig
message Nachricht
certainly bestimmt
everyone jeden
finds out herausfindet
screams schreit
fights kämpft

"He ... äh ... puts something into her mouth ..."
"You mean he **gags** her?", half Brian mir aus.
"Yes, he gags her and puts her in a big suitcase", spann ich meine Geschichte weiter, die mir inzwischen direkt selbst Angst machte.
"A **trunk**? Yes, that's a **possibility**. People always carry suitcases and trunks in and out of hotels, so nobody would **notice**."
"Right. Then he puts the trunk in his car and takes her to his **hiding place**."
"That's brilliant", fand Brian.
Nachdem wir Kira abgeliefert hatten, fragten wir an der Rezeption, ob an diesem Morgen jemand mit einem Schrankkoffer das Hotel verlassen hatte. Aber niemand erinnerte sich, denn es war einfach viel zu viel los. Das Filmteam schleppte ständig Koffer rein und raus, darunter auch riesige Schrankkoffer mit technischer Ausrüstung.
Wir gaben unsere Recherchen auf und gingen zum Set zurück.
Die Statisten waren inzwischen alle wieder umgezogen und warteten vor dem Bus.
Janet rief in die Menge: "Please wait for the bus

---

gags knebelt
trunk Schrankkoffer
possibility Möglichkeit
notice bemerken
hiding place Versteck

again at the InterCity-Hotel in Rostock tomorrow morning at eight o'clock."

Ich setzte mich in die letzte Reihe und winkte Brian aus dem Rückfenster zu.

Als der Bus losfuhr, sah ich zwei Polizeiwagen einparken und ärgerte mich, dass ich jetzt nicht mehr mitbekommen würde, wie nach Alicia gefahndet wurde.

Morgen würde ich Brian Löcher in den Bauch fragen. Löcher so groß wie seine Kaugummiblasen.

Alles dreht sich

In den Abendnachrichten kam eine Meldung über Alicias Verschwinden. Ein Polizeisprecher sagte, es wäre zu früh, um sich Sorgen zu machen. Da Alicia sich jedoch in einem fremden Land befand und außerdem noch ein Kind war, hatte man eine Suchaktion eingeleitet, obwohl sie erst seit wenigen Stunden vermisst wurde. Die flachen, vom Land umschlossenen Meeresteile, die man hier an der Ostseeküste Bodden nennt, wurden von Tauchern abgesucht. Suchstaffeln durchkämmten den Wald. Die Bevölkerung wurde aufgerufen, Hinweise zu Alicias Aufenthaltsort dem Sondereinsatzkommando zu melden. Eine Telefonnummer und Alicias Foto wurden eingeblendet.

Belinda trat vor die Kamera. "I'm Alicia's stand-in. Alicia looks **almost** like me. We could be twins. Please help us find her."

Liz Morton durfte auch ein Statement abgeben. "If someone kidnapped my daughter, please **send** me a message. I will pay any **ransom** to get her back."

Mam, die sich sonst nie Sorgen um mich macht, meinte: "Entführung? Lösegeld? Also, ich weiß

---

almost fast
send schicken Sie
ransom Lösegeld

nicht, ob ich dich da morgen wieder hingehen lassen soll, wenn es so gefährlich ist."

"Quatsch", sagte ich schnell. "Ich bin ja nicht berühmt, mich entführt schon keiner. Und außerdem haben wir einen Vertrag unterschrieben, da kann ich nicht einfach fehlen."

Nach dem Abendbrot ging ich zu Sinja. Auf Jans Überfall war ich diesmal überhaupt nicht vorbereitet.

"Na, hat man dir schon eine Millionengage angeboten?", frotzelte er.

"Nein, aber ich habe eine Sprechrolle mit Hund."

Sinja erschien oben an der Treppe. "Einen Hund als Filmpartner, so wie Kommissar Rex? Ist ja cool. Komm hoch."

Jan versperrte weiterhin den Weg. Gegen seine breiten Schultern kam ich einfach nicht an. Ein Hund als Bodyguard, das wäre eine tolle Sache. Kira würde Jan einfach niederschmusen. Mein Handy klingelte. Es war Ed. "Schwesterherz, ich wette du stehst gerade im Flur und kommst keinen Meter weiter."

"Bingo." Ich liebe meinen Bruder. Er fährt zwar Auto wie eine Schnecke auf Valium, aber er weiß, wann man seine Hilfe braucht.

"Ich hab hier etwas zum Thema Drehen. Erdrotation. Hör zu." Ich hörte zu, sagte Tschüss und steckte das Handy wieder ein. "Darf ich jetzt vorbei?"

Jan verschränkte die Arme. "Erst erzählst du mir von deinem Dreh."

“Apropos Dreh. Woher kommt es eigentlich, dass wir nicht merken, dass die Erde sich dreht?”

Jan blinzelte verdutzt.

“Und was würde passieren, wenn sie plötzlich aufhören würde, sich zu drehen?”

“Woher soll ich das denn wissen?”

“An den Polen der Drehachse würde natürlich nichts passieren”, sagte ich im langweiligsten Tonfall, den ich drauf hatte. “Aber je näher man am Äquator ist, desto größer ist der Impuls, den wir haben, und wegen der Impulserhaltung würden wir einfach wegfliegen. Die Erdumdrehung am Äquator hat immerhin eine Geschwindigkeit von ...”

Da war Jan schon in seinem Zimmer verschwunden. Sinja lehnte lachend über dem Treppengeländer. “Du musst mir Ed ausleihen, damit ich sehe, wie es ist, einen richtigen Menschen zum Bruder zu haben.”

“Ich leihe dir lieber Kira. Sie ist der liebenswerteste Hund der Welt.”

Wir hockten uns in ihrem Zimmer auf den Boden, jede mit einer Ratte auf dem Schoß. Als ich ihr alles erzählt hatte, seufzte sie. “Ich würde morgen am liebsten mitkommen. Wenn ich geahnt hätte, dass Dreharbeiten so spannend sind, wäre ich auch zum Casting gegangen.”

“Du bist aber nicht schwarzhaarig.”

“Dafür habe ich zwei Ratten.”

“Ratten haben die schon genug.”

Dann versuchten wir, Socki und Flocki beizubringen, auf Befehl Männchen zu machen. Aber das klappte genauso wenig, wie man Jan dazu bringen konnte, auf Befehl den Flur zu räumen.

Als die Ratten sich müde getobt hatten, recherchierten wir im Internet. Ich wollte so viel wie möglich über Alicia Morton herausbekommen. Es könnte ja ein wichtiger Hinweis dabei sein. Vielleicht hatte sie einen durchgeknallten Fan, der sie bedrohte. Oder sie litt an Kameraangst und ihre Mutter zwang sie dazu, Schauspielerin zu werden, und weil sie es nicht mehr aushielt, war sie abgehauen.

Was wir fanden, war aber das krasse Gegenteil. Alicia brannte förmlich darauf, in die Rolle einer anderen Person zu schlüpfen. Das sagte sie in einem Interview. “I was **practically born** as an actress. **Even** as a small child I used to play **all sorts of** roles. I can speak in many accents. My talent has always been so **outstanding**, I had no **choice** but to **become** an actress – and I love every minute of it.”

“So eine eingebildete Kuh”, schnaubte Sinja. “Ich

---

practically praktisch
born geboren
even sogar
all sorts of alle möglichen
outstanding außergewöhnlich
choice Wahl
become werden

hab mich als Kind auch gern verkleidet und so getan, als wäre ich eine Prinzessin oder ein Indianer. Das ist doch nichts Besonderes."

"Schauspielerisches Talent ist aber etwas ganz anderes", musste ich protestieren. Schließlich war das ja auch mein Berufswunsch. "Die Kunst besteht nämlich darin, auch ohne Verkleidung überzeugend in eine andere Rolle zu schlüpfen. Prinzessin oder Indianer kann doch jeder spielen."

Netter als nett

Am nächsten Morgen riss ich Paps die Zeitung aus der Hand, noch bevor er die erste Seite überflogen hatte. Er verzog das Gesicht, als ich mich raschelnd durch den Lokalteil kämpfte, bis ich einen Artikel über Alicia gefunden hatte. "Den muss ich mir ausschneiden."

"Aber bitte erst, wenn ich fertig bin", bat Paps.

Ich las die Meldung durch. Die Polizisten und Taucher hatten bis zum Einbruch der Dunkelheit nach Alicia gesucht, aber keine Spur gefunden. Das Hotelpersonal war eingehend befragt worden, aber niemand hatte etwas Verdächtiges beobachtet. Die letzte Person, die Alicia gesehen hatte, war Belinda, die aussagte, dass Alicia um sieben Uhr, als sie frühstücken gegangen war, noch tief und fest geschlafen habe. Niemand hatte sie das Hotel verlassen sehen, darum war auch das Hotel gründlich durchsucht worden, für den Fall dass sie sich versehentlich irgendwo eingeschlossen hatte.

Ich war immer noch fest davon überzeugt, dass sie entführt worden war und dass die Entführer völlig unbehelligt rein- und rausgegangen waren.

"Jemanden zu entführen ist ja kinderleicht", sagte ich betrübt. "Die hätten das halbe Filmteam kidnappen können, und niemandem wäre es aufgefallen. Pfff."

“Ich könnte mir vorstellen, dass es in dem Hotel ganz schön chaotisch zugeht, seit das Filmteam eingezogen ist”, sagte Paps.
“Trotzdem Pfff.” Ich gab ihm die zerknautschte Zeitung zurück.
“Na, das ist mal eine Herausforderung”, sagte er. Damit meinte er seinen Versuch, dieses Papierknäuel geräuschlos zu lesen.
An diesem Tag nahm mich Paps auf dem Weg zur Arbeit mit zum Treffpunkt am InterCity-Hotel, damit Ed auch mal ausschlafen konnte. Janet erwartete uns. Brian und Mrs Blott waren diesmal nicht dabei. Ich hatte es mir gerade im Bus weit weg von den Chaos-Zwillingen gemütlich gemacht, da setzte sich ausgerechnet Professor Wuddel neben mich. “Weißt du, was an den Azteken so besonders war?”
Wenn Erwachsene eine Frage mit “Weißt du” beginnen, erwarten sie eigentlich keine Antwort. Professor Wuddel war da keine Ausnahme. Die ganze Fahrt über quatschte er mich mit seinem Fachwissen voll, sodass ich kaum Zeit hatte, mich auf den vor mir liegenden Tag zu konzentrieren. Ob ich heute endlich meine Sprechszene spielen durfte? Ob es eine neue Spur von Alicia gab?
Als wir ankamen, erklärte Wuddel mir gerade, dass er eine Studie schrieb, in der er die Azteken mit Fantasievölkern der Weltliteratur verglich. “Momentan suche ich Parallelen mit den Tiavalanna.”

"Dann wenden Sie sich am besten an die Autorin", riet ich ihm. "Schließlich hat sie die Tiavalanna erfunden. Also muss sie alles über sie wissen, was es zu wissen gibt."
"Interessant, der Gedanke ist mir noch gar nicht gekommen."
Ich drängelte mich aus dem Bus. Zuerst ging es durch die übliche Prozedur mit Umziehen und Schminken. Ich hatte schon damit gerechnet und rannte zum gelben Wohnwagen, noch bevor Janet ausgeredet hatte. Erste!
Mariah öffnete. "Ah, there you are. Come in."
Sie schob mit dem Fuß einen Stoffberg beiseite. Über ihrer linken Schulter lag eine Bahn Fleece-Stoff, über ihrer rechten Schulter drei bunte Kaftane. Immerhin konnte ich heute erahnen, dass sie darunter ein rotes Kleid trug. Im Laufe des Vormittags würde es sicher unter immer mehr Stoffen verschwinden. Ohne in der Liste nachzusehen, erinnerte sie sich daran, dass ich den grünen Kaftan mit den blauen Delfinen bekam.
"Any **news** about Alicia?", traute ich mich zu fragen.
"No, I'm afraid the situation has become very serious. Everybody **is worried to death**."

---

news Neuigkeiten
is worried to death macht sich schreckliche Sorgen

"But the filming is going on?" Ich war dabei vor allem um meine Rolle besorgt, die ich auf keinen Fall verlieren wollte.
"Yes, absolutely. Shooting a film is very expensive. **We can't afford** to lose one or two days."
Im blauen Trailer war ich auch die Erste. Die Visagistinnen unterhielten sich über den Nervenzusammenbruch, den Liz Morton gestern Abend gehabt hatte. "It was almost too melodramatic to be real", sagte die mit den Haarklammern am Kragen. "If my daughter disappeared, I'd certainly **bawl my eyes out**, but I wouldn't do it **in public**."
Liz, so bekam ich mit, hatte sich total hysterisch aufgeführt, sich aber nicht auf ihr Zimmer bringen und beruhigen lassen. Anstatt sich im stillen Kämmerlein die Augen auszuweinen, hatte sie am laufenden Band tränenschwere Interviews gegeben.
Als ich fertig geschminkt war, trat ich in die Morgensonne hinaus und sah mich nach Brian um. Im nächsten Augenblick hätte es mich fast umgehauen, denn Kira stürzte sich auf mich und überschüttete mich mit ihrer endlosen Hundeliebe. Ich lehnte mich an den Trailer und zerraufte ihr das Fell, was sie nur noch stürmischer machte.

---

we can't afford wir können es uns nicht leisten
bawl my eyes out mir die Augen ausweinen
in public in der Öffentlichkeit

Wo Kira war, konnte Brian nicht weit sein. Mit den Händen in den Hosentaschen kam er um den Trailer herum. "Could you please **take care of** Kira **for a while**? I have to **run some errands** for my dad."

"No problem."

Schon war er wieder weg. Und dabei brauchte ich dringend jemandem, mit dem ich reden konnte.

Am Catering-Buffet hatte ich mehr Glück. Da stand Belinda und winkte mir freundlich zu. Ich wollte gleich auf das Thema Alicia zusteuern, aber Belinda hatte etwas auf dem Herzen. "Cora, may I ask you a very **personal** question?"

"Sure."

Belinda kam näher und senkte die Stimme. "Do you think I'm too nice?"

Was war denn das für eine merkwürdige Frage? "Look at Kira. She's as nice as a dog can be, but I wouldn't say she's too nice."

"Yes, but don't you think it's unfair that everybody says I'm nice? It doesn't feel right to me, **especially since** they all tell me that Alicia is arrogant and

---

take care of aufpassen auf
for a while für eine Weile
run some errands einige Besorgungen erledigen
personal persönliche
especially besonders
since weil

condescending. Nobody seems to like her, **except** her mother."
"What does condescending mean?"
"It means **she likes to pretend** she's better than other people." Belinda rückte ihre Brille zurecht. "**For example**, she **hardly ever** gives autographs."
Ein Star, der keine Autogramme gibt? So was hatte ich noch nie gehört. "But why?"
"She wants her autographs to be special, so she only gives them on very rare **occasions**, and to important people. She thinks they will become very **valuable** one day."
Ich stellte mir vor, dass jemand sich als Geldanlage ein Autogramm kaufte von Alicia Morton, die ihre Karriere mit Windelwerbung angefangen hatte. Das war absolut lächerlich. Außerdem verstand ich immer noch nicht, worauf Belinda hinauswollte. "Why would you want to be **less** nice?"
Belinda zuckte die Schultern. "I'm not sure. I don't want to be like Alicia, but I don't want to be the

---

condescending herablassend, überheblich
except bis auf
she likes to pretend sie tut gerne so als ob
for example zum Beispiel
hardly ever fast nie
occasions Gelegenheiten
valuable wertvoll
less weniger

complete **opposite** of her, **either**. Everybody tells me I'm so much nicer than she is."

So langsam dämmerte es mir. Sie hatte ein schlechtes Gewissen, weil alle sie viel netter fanden als Alicia. Und über jemanden, der womöglich tot war, soll man nicht schlecht reden.

Ich wollte etwas Beruhigendes zu ihr sagen, da zog Belinda die Augenbrauen zusammen und murmelte: "I hope she never comes back."

---

opposite Gegenteil
either auch (nicht)

Pannen über Pannen

Eine halbe Stunde lang saß ich im Schneidersitz hinter einem der Trailer und dachte nach. Kira half mir beim Nachdenken, indem sie mir die Hände abschleckte. Wie hatte Belinda das gemeint? Warum wollte sie, dass Alicia nie zurückkam? Das ergab keinen Sinn, wo sie davor noch gejammert hatte, dass niemand Alicia mochte und sie ein schlechtes Gewissen hatte, weil alle sie so nett fanden. Oder hatte ich das irgendwie falsch verstanden? Es konnte natürlich sein, dass Belinda Alicia nicht ausstehen konnte, so wie alle anderen auch, und dass sie froh war, das Hotelzimmer jetzt für sich allein zu haben. Aber sich deswegen gleich wünschen, dass Alicia für immer verschwunden blieb, das war schon ein starkes Stück. War Belinda womöglich gar nicht so nett wie sie tat? Vielleicht hatte sie mich deswegen gefragt, ob ich sie zu nett fand, weil sie dachte, sie würde zu dick auftragen mit ihrem freundlichen Getue.

Als meine Gedanken sich ineinander verknotet hatten und meine Hände völlig versabbert waren, hörte ich Brian nach Kira rufen. Sie sauste um die Ecke und brachte Brian mit. “We’re starting to shoot in ten minutes.”

“I’m coming.” Ich stand auf und verrenkte mir den Hals, um zu sehen, ob ich den Kaftan beim Sitzen

sehr zerknittert hatte. Immerhin hinterließ das Gras auf dem grünen Stoff keine sichtbaren Flecken.
Auf dem Weg zum Waldrand, wo heute gedreht wurde, erzählte ich Brian von meinem Gespräch mit Belinda.
“That's **odd**”, sagte er. Aber eine Erklärung hatte er auch nicht.
Am Waldrand saß Andrew Tennerman in seinem Regiestuhl, wo er sich Notizen machte, gleichzeitig telefonierte, Kaffee trank und dem Toningenieur Anweisungen gab. Im Leute-Rumscheuchen war er echt gut, aber wahrscheinlich musste man das als Regisseur, sonst würde alles im Chaos versinken.
Janet saß an einem Klapptisch, auf dem Zettel ausgebreitet und mit Steinen und kleinen Stöcken beschwert waren, damit der Wind sie nicht wegfegte. Sie telefonierte auf zwei Handys und war noch beschäftigter als Andrew Tennerman.
Mrs Blott zeigte jedem Statisten seine Anfangsposition. Da standen wir dann und warteten. Endlich erschien Belinda mit Jackson auf der Schulter. Auch die anderen Schauspieler fanden sich ein. Regieanweisungen wurden so laut gebrüllt, dass man das Streiten der Zwillinge kaum noch hörte. Kira fegte mich mit ihrem Schwanzwedeln fast in den nächsten Busch. Die Kamera ging an, wir drehten. Man hätte

---

odd seltsam

meinen können, es wäre alles wie immer und die Hauptdarstellerin wäre nicht spurlos verschwunden. Irgendwie erschien mir das fast respektlos der armen Alicia gegenüber, da konnte sie noch so ein Biest sein.

An den Absperrungen rund um den Set fanden sich immer mehr Schaulustige ein. Auch die unvermeidlichen Zeitungs- und Fernsehreporter waren dabei. Wie aus dem Nichts tauchte Liz Morton auf und preschte sofort auf die nächste Kamera zu. Ich war so damit beschäftigt, sie zu beobachten, dass ich ganz vergaß, Kiras Stöckchen zu werfen, wie Tennerman mich angewiesen hatte. Aber beim ersten Durchgang lief sowieso alles verkehrt. Das Mikro hing zu tief und war im Bild, der Kameramann hatte einen Niesanfall und die Schaulustigen waren zu laut und störten die Aufnahme.

Nur Belinda machte ihre Sache perfekt. Tennerman lobte sie: "Girl, you're doing a marvellous job. You're even better than Alicia. You're more natural and relaxed."

Anstatt sich zu freuen, machte Belinda ein Gesicht, als hätte sie Bauchweh. Alles ging wieder auf Start und die nächste Klappe fiel. Ich warf das Stöckchen, Kira holte es, und Belinda beriet sich mit Jackson, wie es das Drehbuch vorschrieb. Jacksons Text wurde von Janet vorgelesen, die hinter der Kamera stand. So wusste Belinda, wann sie wieder dran war.

Kaum war die Szene im Kasten und Jackson wieder in seinem Käfig, da krümmte sich Belinda zusammen, als hätte sie wirklich Bauchweh. Liz Morton kam angerannt. Eine große Schultertasche schlackerte um ihre knochigen Hüften. "**What's the matter** with you, kid?"

"I think **I'm going to be sick**."

Sie war total blass geworden, hielt sich den Bauch und jammerte immer lauter. "I'll take her to the doctor", sagte Liz und ließ sich von Mrs Blott den Autoschlüssel geben.

Und so verlor Trillo-Film zum zweiten Mal seine Hauptdarstellerin. Nachdem Liz mit der elendiglich stöhnenden Belinda weggefahren war, herrschte ratloses Schweigen.

What's the matter Was ist los

I'm going to be sick ich muss mich übergeben

Endlich eine heiße Spur

Tennerman beschloss, ein paar Landschaftsaufnahmen um den Wald herum zu drehen, die später an passender Stelle in den Film reingeschnitten werden sollten. Für die meisten war für heute Feierabend. Janet nahm mich zur Seite. "We need you for the beach scene in the afternoon."
Ich freute mich riesig, dass ich als einzige Statistin noch gebraucht wurde – und das für die Szene am Strand, in der ich endlich Text hatte! Toll.
Die Schaulustigen verschwanden nach und nach, weil nichts Aufregendes mehr passierte. Ich bediente mich am Buffet, hockte mich mit einem belegten Brötchen wieder mal hinter einen Trailer, weil ich da so schön meine Ruhe hatte, und lehnte mich an Kiras weiches, sandfarbenes Fell. Ich war drauf und dran einzuschlafen, als Brian von irgendwoher angesprungen kam. "I've got a **suspect**", sagte er.
Sofort war ich hellwach. "Who is it?"
Er plumpste neben mir ins Gras. "The bus driver."
Ich versuchte mich krampfhaft daran zu erinnern, wie der Busfahrer überhaupt aussah. Busfahrer nimmt man einfach nicht zur Kenntnis, sie sind eben da und gewissermaßen ein Bestandteil des Busses. "Tätowie-

---

suspect Verdächtigen

rungen", sagte ich, weil es das Einzige war, an das ich mich erinnern konnte. "He's got lots of tattoos on his arms."

"And **plenty of muscles**, too", ergänzte Brian. "I **suddenly remembered** that I'd seen him on the set on Sunday. We didn't need the bus on Sunday, so he must have come here in his **own** car and for his very own **reasons**."

"Maybe he was just **curious**."

"I've made some **inquiries**."

Brians Erkundigungen hatten etwas Interessantes ergeben. Viele Leute hatten den Busfahrer am Sonntag gesehen, aber keiner hatte wirklich auf ihn geachtet. Deswegen hatte auch niemand etwas gesagt, als die Polizei herumfragte, ob jemand eine verdächtige Beobachtung gemacht hatte.

"But when I **specifically** asked if anyone had seen a man with tattoos all over his arms, they suddenly remembered", erzählte er, ganz begeistert von

---

plenty of eine Menge
muscles Muskeln
suddenly plötzlich
remembered erinnerte mich
own eigenen
reasons Gründe
curious neugierig
inquiries Erkundigungen
specifically ausdrücklich

seinem Spürsinn. “And **guess** where they saw him? **Wherever** Alicia was, **he turned up**. He must have been following her. And now comes the really interesting **bit**”, fuhr Brian in seinem Bericht fort. “**Several** people saw him talking to Alicia. She seemed to be very **annoyed** and tried **to get rid of him**. But he **didn’t give up** and kept following her wherever she went. Later in the evening, when Belinda arrived, the bus driver was **gone**. You know what I think? I think it was the bus driver who kidnapped Alicia.”
Mir wurde erst heiß, dann kalt, dann wieder heiß. Das war ein heftiger Verdacht, der mir Angst machte. Wir gingen zusammen den Zeitplan durch. Nachdem der Busfahrer am Montag uns Statisten zum Set gebracht hatte, war er den ganzen Tag über nicht mehr gesehen worden. Auch das hatte Brian bei seiner Umfrage herausgefunden.
“I think he took his own car, which he must have parked here”, überlegte Brian. “Then he drove to

---

guess rate
wherever wo immer
he turned up ist er aufgetaucht
bit Teil
several mehrere
annoyed verärgert
to get rid of him ihn loszuwerden
didn’t give up gab nicht auf
gone weg, fort

the hotel. He put on a **long-sleeved** shirt to hide his tattoos and **took along** a big suitcase or trunk."

Das war meine Theorie gewesen. Die passte jetzt prima ins Bild. "He knocked on Alicia's door and said that Tennerman had sent him to take her to the set. When Alicia opened the door, he attacked her, **tied** and gagged her, and put her in the trunk."

Brian schnaubte. "What a **terrible** thing to do! Poor Alicia. She must have been **scared to death**. Then he took the trunk to his car. He's very **strong**, strong **enough** to carry a trunk with a girl in it."

"He drove to a hiding place where he's holding Alicia **captive**", beendete ich die schreckliche Geschichte. Soweit war alles schlüssig, bis auf die Frage, wozu er das gemacht hatte. Bis jetzt war keine Lösegeldforderung eingegangen. Aber das konnte ja noch kommen.

"Shouldn't we **inform** the police?"

Brian machte eine Kaugummiblase, ließ sie platzen, und meinte: "I'm not sure. It's just a theory."

---

long-sleeved langärmlig
took along nahm mit
tied fesselte
terrible schreckliche
scared to death zu Tode verängstigt
strong stark
enough genug
captive gefangen
inform informieren

Für mich war es mehr als eine Theorie. Es war eine ganz heiße Spur. "There must be a reason why he followed Alicia on Sunday. Maybe he was waiting for a chance to kidnap her."
Brian zuckte die Schultern. "Or else he's just a fan of hers."
"Alicia Morton doesn't have any fans in Germany", widersprach ich. "Nobody even knows her here. We must go to the police and tell them what **we've found out**."
Ich hatte Brian immer noch nicht überzeugt. "But what if the bus driver is **completely innocent**, and we'll **get him into trouble** for nothing?"
Janet kam um den Trailer. "Well, here you are", sagte sie. "It's time for your **vocal coaching**, dear."

---

we've found out wir haben herausgefunden
completely völlig
innocent unschuldig
get him into trouble ihn in Schwierigkeiten bringen
vocal coaching Stimmtraining

Überraschung am Waldrand

Ich bekam tatsächlich einen **Vocal Coach**! Das war einfach irre. Ich kam mir vor wie bei *Popstars* und *Deutschland sucht den Superstar* gleichzeitig.
Natürlich gab es hier am Set weit und breit kein Tonstudio und das Coaching fand einfach in freier Wildbahn statt, und das auch noch ausgerechnet am Rande des Sets, wo noch ein paar Schaulustige herumlungerten. Na, denen würde ich eine Show bieten, dass ihnen Hören und Sehen verging! Vor allem Hören.
Der Vocal Coach war ein dünnes Kerlchen mit Glatze und Ziegenbärtchen. Er fuhr sich mit der Hand ständig über den kahlen Schädel, als wolle er ihn auf Hochglanz polieren. "Hi, Cora. I'm Matthew."
"Hi."
Er reichte mir ein Blatt Papier. "This is your text."
Ich starrte das Blatt an, als wäre ich gerade meiner ersten großen Liebe begegnet. Ich würde es einrahmen und über mein Bett zwischen die Poster von Britney Spears hängen. Vier ganze Zeilen Text! Ich war der glücklichste Mensch auf der Welt.
Matthew bat mich, meinen Text vorzulesen. "With soft consonants and open **vowels**."

---

vocal coach Stimmtrainer
vowels Vokalen

Was auch immer das sein mochte. Ich las und Matthew war zufrieden. Dann kam der richtig gute Teil. "As you **probably** know", sagte er, "the Tiavalanna don't talk, they sing. I'll sing a line for you, and **you repeat after me**." Er sang kaum hörbar: "Tismi lon, Wolpo!"

Für mich klang das nicht so, als würde er seinen Hund rufen, sondern als würde er ein ganz scheues Reh anlocken. Ich atmete tief ein und schmetterte: "Tismi lon, Wolpo!" zu einer schwungvollen Kadenz aus einer Oper, die Oma Carmen immer beim Kochen gesungen hatte.

Die Schaulustigen klatschten Beifall. Matthew sah mich an, als wäre ich gerade einem UFO entstiegen. "No, not like that. Softer. Listen again." Er sang mir noch mal seine Schlafliedversion vor. Da fiel mir ein wirklich schönes, spanisches Schlaflied ein, das Oma Carmen mir oft vorgesungen hatte. Ich sang die Zeile zu dieser Melodie.

Wieder bekam ich Applaus. Matthew fuhr sich mit beiden Händen über die Glatze, vor und zurück, vor und zurück. Wenn er Haare gehabt hätte, hätte er sie sich vermutlich vor Verzweiflung ausgerissen. Schließlich fing er sich wieder, und sang mir mit endloser Geduld den Text noch mal vor. Ich be-

---

probably wahrscheinlich
you repeat after me du sprichst mir nach

schloss, keine weiteren musikalischen Experimente zu machen und sang brav nach. Es war zum Gähnen, aber Matthew war zufrieden.

Plötzlich entstand Unruhe unter den Zuschauern. "Schaut mal, da!", rief einer und deutete zum Waldrand.

Matthew und ich drehten den Kopf in die gedeutete Richtung. Da wankte jemand zwischen den Bäumen herum, ein Mädchen. Es war nass und total verdreckt. Blonde Haare hingen ihm strähnig in die Stirn.

Die Unruhe griff auf das Filmteam über. Andrew Tennerman, der mit zwei Kameramännern gerade nach schönen Motiven im Wald suchte, wurde ärgerlich und brüllte in sein Megaphon: "Quiet please!"

Ein dicker Techniker rief: "Over there", und deutete auf das Mädchen.

Tennerman sah hin, knallte dem Dicken das Megaphon vor den Bauch und spurtete los. Als er das Mädchen erreicht hatte, stützte er es und redete auf es ein. Ich versuchte, unauffällig näher ranzukommen und hörte, wie er fragte: "Are you hurt? Do you need a doctor? Is someone following you?"

Das Mädchen schüttelte zu allem den Kopf.

"I'll take you to the hotel." Tennerman rief Janet zu: "Call the police and an **ambulance**. Send them to the hotel."

---

ambulance Krankenwagen

Erst als er das zitternde Mädchen an mir vorbeiführte, fiel bei mir der Groschen: Das war niemand anderes als Alicia Morton.
Neben mir machte es plumps und plop. Das konnte nur Brian sein, der es cool fand, von irgendwo herunterzuspringen und gleichzeitig eine Kaugummiblase zu machen. Der Mistkerl hatte mein Vocal Coaching belauscht. Aber angesichts Alicias glücklicher, wenn auch höchst rätselhafter Rückkehr, war ich zu verdutzt, um ihn zu schimpfen.
"That's **strange**", sagte er. Ohne mich zu beachten, rannte er seinem Vater hinterher, der Alicia gerade in seinen Mercedes verfrachtete.
"What's strange?", rief ich ihm nach. Aber da fuhren die drei schon davon. Ich sah zu dem Baum hoch, von dem er gesprungen war. Wenn Brian die ganze Zeit da oben gehockt hatte, hatte er womöglich etwas beobachtet, das uns hier unten entgangen war. Ich blinzelte in den Wald hinein. Was mochte er da Seltsames gesehen haben?
"Can we **go on** now?", fragte Matthew.
"Uh, sure."
Da ich jetzt brav alles so nachsang, wie er es mir vorsang, waren wir ruckzuck fertig. Eigentlich hatte ich gedacht, nach Alicias plötzlichem Auftauchen würde

---

strange seltsam
go on weitermachen

erst mal alles zum Stillstand kommen, aber alle arbeiteten weiter, als wäre nichts geschehen. Sie bauten die Ausrüstung ab, um sie später am Strand wieder aufzubauen.

Ich hatte tierischen Durst und ging schnell zum Buffet, bevor auch das abgebaut wurde. Zur selben Zeit kam Brian dort an. Er war zu Fuß vom Hotel zurückgelaufen.

"How's Alicia?", fragte ich ihn, nahm einen Becher Orangensaft und schüttete ihn so schnell in mich hinein, dass ich fast Schluckauf bekam.

"She seems to be fine", sagte Brian. "But she can't remember anything that happened after Sunday night. She said she woke up on the beach, all wet and dirty. She has no idea how she got there."

"She can't remember anything? But how is that **possible**? Does she have a Gehirnerschütterung?"

"A concussion? No. She's only a little **confused**. She said that after she **came round** at the beach, she found it **unbearably** hot, so she walked into the forest."

Dort hatte sie die Kameraschienen gesehen und war ihnen gefolgt. So hatte sie zum Set zurückgefunden. Die Geschichte klang ganz plausibel, aber dann fiel

---

possible möglich
confused verwirrt
came around zu Bewusstsein kam
unbearably unerträglich

mir ein, dass Brian vorhin etwas beobachtet hatte, das er seltsam fand.
"You said: 'That's strange.' What did you mean?"
"I saw Alicia walking in a normal **way**, **upright**, quickly. Then, suddenly, she **slowed down**, **slouched** and **limped**."
"Die beiden letzten Wörter habe ich nicht verstanden."
Brian führte mir eine Pantomime vor. Er sank in sich zusammen und humpelte.
"Ach so. Yes, that's really strange."
"I think she was acting. When she thought everybody would see her, she started to pretend that she was **weak** and confused."
Zwei Wagen fuhren von verschiedenen Seiten in den einzigen noch leeren Parkplatz und stießen fast zusammen, Tennermans Mercedes und Mrs Blotts Mini, den Liz sich geliehen hatte. Beide bremsten und hupten, dann setzte Tennerman zurück und parkte quer hinter dem Mini. Gleichzeitig stiegen sie aus und riefen sich etwas zu.
"I've got bad news", sagte Liz.

---

way Art und Weise
upright aufrecht
slowed down wurde sie langsamer
slouched ging gebückt
limped humpelte
weak schwach

"I've got great news", sagte Tennerman. "You first."
"I'm afraid Belinda has to stay in hospital for a while. She's got **appendicitis**. I took her to the Kinderklinik in Rostock **where she will have surgery right away**."
Ed hatte vor drei Jahren eine Blinddarmentzündung gehabt und war auch in der Kinderklinik operiert worden. Er hatte schlimme Schmerzen gehabt. Die arme Belinda. Ob sie sich schon den ganzen Morgen schlecht gefühlt hatte? Das konnte erklären, warum sie so seltsames Zeug geredet hatte.
"What's your good news?", fragte Liz.
"Alicia is back."
"Oh, my God." Liz schlug sich die Hände vors Gesicht. Ich glaubte, Freudentränen zwischen ihren vielen Ringen hervortropfen zu sehen. "How is she? Who found her?"
Andrew erzählte ihr, was passiert war.
Und was war das Erste, was Liz daraufhin wissen wollte? "Has the press been informed?"
Sie dachte wohl immer nur an Reporter und Fotografen. Die Karriere ihrer Tochter musste ihr ja mehr bedeuten als alles auf der Welt. Womöglich sogar mehr als Alicias Gesundheit.

---

appendicitis Blinddarmentzündung
where she will have surgery right away wo sie sofort operiert werden wird

Jeder Satz ein Treffer

In dem Boot, das uns zum Strand brachte, sah ich die ältere Schauspielerin vom ersten Drehtag wieder. Ich ging mit dem Mund ganz nah an Brians Ohr und flüsterte gegen das Motorengeräusch und sein Kaugummischmatzen an: "Who exactly is she?" Danach nickte ich in ihre Richtung.

"Phyllis Nay", flüsterte Brian lautstark zurück. "She's from the Royal Shakespeare Company."

Ich erstarrte fast vor Ehrfurcht. Ich würde meine erste Filmszene mit einer Schauspielerin der Royal Shakespeare Company spielen, der berühmtesten Theatertruppe der Welt! Das war ja ein himmelweiter Sprung von der Rolle als Müllerstochter, die ich in unserer Schulaufführung von *Rumpelstilzchen* gespielt hatte. Hoffentlich brachte ich vor lauter Verzückung und Aufregung überhaupt ein Wort raus und stellte mich nicht so peinlich an wie beim Casting. Diesmal konnte mir Brian nämlich nicht mehr aus der Patsche helfen, da musste ich ganz allein durch.

Am Strand war schon alles fix und fertig aufgebaut. Brian bürstete Kiras seidiges Fell. Mariah überreichte mir feierlich einen neuen Kaftan – gelb mit roten Kolibris.

Der Wind wehte kräftig vom Meer herein, klatschte den Kaftan an einer Seite fest an mich dran und

bauschte ihn auf der anderen Seite auf. Kiras Zunge flappte beim Hecheln hin und her.
Andrew Tennerman rief seine Anweisungen durch ein Megafon, um gegen den Wind anzukommen. Tja, mit Matthews sanftem Gesang würde ich meinen Text hier wohl kaum rüberbringen. Gut, dass ich so eine kräftige Stimme habe und Oma Carmens Temperament.
Der Mut verließ mich aber wieder, als Tennerman streng fragte: "Do you know your text?"
"Yes, of course", sagte ich mit zittriger Stimme, obwohl ich mir nicht mehr so sicher war, ob ich überhaupt irgendetwas wusste. Selbst mein Name war mir entfallen und nach meinem Geburtsdatum hätte man mich auch nicht fragen dürfen.
Phyllis hatte sich inzwischen umgezogen. Sie trug ein Nachthemd mit Blümchenmuster und sah darin so nett und harmlos aus, dass ich mich gleich wieder ein wenig sicherer fühlte.
Die Technik wurde aufgebaut. Obwohl es ein strahlend heller Tag war, gab es zusätzliche Scheinwerfer, um alles perfekt auszuleuchten. Tennerman gab uns Regieanweisungen. Phyllis musste sich an einer bestimmten Stelle an den Strand setzen. Hundert Meter davon entfernt war meine Startposition. Dort würde ich loslaufen, sobald Tennerman "And Action" rief. Ein Mann mit einer Handkamera, der neben mir herlaufen würde, ging in Position.

Jetzt wurde es ernst. Kira wurde etwas weiter weg von jemandem festgehalten, der sie erst loslassen durfte, wenn ich nach ihr gerufen hatte, sonst wäre sie nicht von mir zu trennen gewesen.
Tennerman sagte mir noch, dass ich nie direkt in die Kamera sehen sollte, jemand hielt mir an einer Stange ein Mikro über den Kopf und dann ging es auch schon los.
Ich versuchte, so anmutig wie möglich in meinem windzerzausten Kaftan durch den Sand zu latschen. Dann blieb ich stehen, beschattete die Augen und sah zu Phyllis. Ich machte ein verwundertes Gesicht – schließlich wird nicht jeden Tag eine Frau im Nachthemd an den Strand gespült – und sang aus voller Kehle: "Tismi lon, Wolpo!"
Kira hetzte los und warf mich fast um. Ich lachte und rannte vor ihr her, bis ich bei Phyllis angekommen war. Sie winkte mir zu, ich winkte zurück. Ziemlich außer Puste, fast so heftig hechelnd wie Kira, fragte ich sie: "Valipa manda! Mi tika?"
Ich war mir nicht mal mehr bewusst, dass das ein auswendig gelernter Text war, dazu auch noch in einer erfundenen Sprache. Mir kam es völlig selbstverständlich vor und ich glaubte sogar zu wissen, was es bedeutete. "Heiliger Bimbam! Wo kommst du denn her?"
Es war wie in den Träumen, in denen ich fliegen kann. Ich fühlte mich ganz leicht und sicher.

Der Wind riss Phyllis die Worte aus dem Mund. "I'm sorry, I don't understand what you're saying. I've no idea where I am. Can you help me?" Kira schnupperte schwanzwedelnd an ihr herum.
Ich zuckte die Schultern. "Noli nik." Sollte heißen: Ich verstehe nichts.
Phyllis sah sich um. "What is this strange place? Am I dreaming?"
Ich deutete auf mich, machte eine leichte Verbeugung, weil mir das passend erschien. "Ani lina Illa." Ich klopfte auf Kiras Flanke. "Ano lino Wolpo." Kira bellte bestätigend. Dann deutete ich auf Eva. "Alina ti?"
"Illa?"
Ich nickte.
"Is that your name?"
Ich nickte noch heftiger, weil ich mich freute, dass sie mich verstanden hatte.
"I'm Eva."
Ich hockte mich im Schneidersitz neben sie, hielt den Saum meines Kaftans fest und deutete übers Meer. "Ki natiki?" Das sollte heißen: "Wo kommst du her?" Eigentlich war mein Text schon zuende, aber das war mir einfach so eingefallen.
Hinter uns zoomte die Kamera zurück, so dass die Einstellung damit endete, wie wir einträchtig nebeneinander im Sand saßen und aufs Meer hinaus schauten.

"Cut and copy", rief Tennerman.
"Copy" bedeutet beim Film, dass eine Szene genau richtig geworden ist.
"**Terrific**!", sagte Tennerman. "You're so good, it's **unbelievable**. Completely **natural** and **authentic**."
Ich wusste zwar nicht, was "*authentic*" bedeutete, aber es klang nach einem Riesenlob.
Wir drehten die Szene noch zweimal, weil man immer etwas Extramaterial zum Schneiden braucht. Wenn ich ehrlich bin, hätte ich sie auch noch hundertmal gespielt, wenn es nötig gewesen wäre. Ich bekam gar nicht genug davon.

---

terrific wahnsinnig, *hier:* Wahnsinn!
unbelievable unglaublich
natural natürlich
authentic echt

Allein mit der Gefahr

Ich schwebte auf einer Wolke aus Glückseligkeit und konnte mein Dauergrinsen einfach nicht abschalten, obwohl ich mir schier den Unterkiefer ausrenkte. Auf dem Boot grinste ich in den Fahrtwind, auf der Busfahrt vom Bootssteg zum Waldparkplatz grinste ich den Sitz vor mir an, im Trailer beim Abschminken, beim Umziehen, auch als ich schnell ein Lachsbrötchen verdrückte – die ganze Zeit strahlte ich. Natural and authentic. Wahnsinn. Für dieses Lob hätte Alicia sicher ihre Mutter verkauft. Oder zumindest ihr Double.

Brian freute sich mit mir, weil er mir ja schließlich die Rolle verschafft hatte. Wenn ich mich blamiert hätte, hätte sein Vater ihn bestimmt bei keinem Casting mehr mitentscheiden lassen.

Zu guter Letzt stieg ich in den wartenden Bus, winkte Brian noch mal zu und fuhr lächelnd von dannen. Dann erstarb mein Dauerlächeln, als mir schlagartig klar wurde, dass ich ganz allein im Bus war. Außer mir war niemand eingestiegen, denn die anderen Statisten waren ja schon mittags nach Rostock zurückgebracht worden. Ich drehte mich um, in der Hoffnung, dass irgendwo hinter mir noch jemand saß, aber ich sah nur leere Sitze. Ich war mit dem Busfahrer allein.

Ruhig Blut, sagte ich mir. Erst mal nachdenken. Dieser Typ mit den Tätowierungen und den dicken Muskeln muss nicht unbedingt etwas mit Alicias Verschwinden zu tun gehabt haben. Schließlich war Alicia inzwischen unversehrt wieder aufgetaucht. Trotzdem war noch nicht geklärt, was ihr in der Zwischenzeit passiert war. Angeblich erinnerte sie sich ja an nichts. Wenn sie sich verlaufen hätte, wäre sie bei der groß angelegten Suchaktion sicher gefunden worden. Also hatte sie die Zeit nicht im Wald oder am Strand verbracht. Jemand musste sie irgendwo versteckt haben. Und schon war der Busfahrer wieder verdächtig, denn er hatte ihr ständig nachgestellt. Womöglich hatte er heute mitbekommen, dass Brian herumlief und jeden über ihn ausfragte. Daraufhin hatte er sich seiner Sache nicht mehr sicher gefühlt und Alicia frei gelassen.
Aber warum erinnerte sie sich an nichts? Wenn sie eine Kopfverletzung oder eine Gehirnerschütterung gehabt hätte, wäre das eine Erklärung gewesen, aber Brian hatte gesagt, sie sei kerngesund und hätte nicht mal eine Schramme.
Drogen! Vielleicht hatte man ihr eine Droge verabreicht. Ich hatte da mal etwas im Fernsehen gesehen über K.O.-Tropfen, die einen willenlos machen. Wenn die Wirkung nachlässt, hat man keine Ahnung mehr, was mit einem passiert ist.
Mir wurde immer unbehaglicher zumute. Ich beo-

bachtete den Busfahrer von der Seite. Er steuerte ruhig und völlig konzentriert. Die Tätowierungen spannten sich über seinen Muskeln, wenn er lenkte. Ich sah aus dem Fenster. Es war wenig Verkehr. Immer wenn wir uns einer Seitenstraße näherten, verkrampfte ich mich. Was, wenn er einbog?
Dann redete ich mir wieder Mut zu. Ich war ja kein Star wie Alicia, warum sollte er mich kidnappen?
Ich holte mein Handy raus und schaltete es an, nur zur Sicherheit, damit ich gleich die Polizei rufen konnte, falls der Fahrer etwas Ungewöhnliches tat. Meine Hände fingen an zu zittern. Die Strecke dehnte sich fast endlos, so schien es mir. Wenigstens war es noch hell. Wenn es dunkel gewesen wäre, hätte ich vor Angst mit den Zähnen geklappert.
Endlich verließen wir die Halbinsel und der Verkehr wurde dichter, doch ich fühlte mich noch lange nicht in Sicherheit, weil in meinem Kopf ein Film ablief – der reinste Horrorthriller. Der Busfahrer wuchs in meiner Fantasie auf die doppelte Größe an. Mit haarigen Händen packte er mich. Natürlich wehrte ich mich. Ich biss und trat und kratzte. Ich schrie so laut, dass sein Trommelfell platzte. Aber alles war vergebens. Er zerrte mich aus dem Bus und verschleppte mich in ein Versteck im Wald, wo ich angekettet an eine knorrige Eiche viele Tage und Nächte Wind und Wetter ausgesetzt war. Er gab mir nur trockenes Brot und so wenig Wasser, dass ich immer Durst hatte.

Als der Bus dann plötzlich anhielt und der Motor erstarb, drückte ich mich so tief in den Sitz, als könnte ich darin verschwinden.
“Was is?”, raunzte der Fahrer mich an. “Steigst du endlich aus oder brauchst du ’ne Extraeinladung?”

Rätsel um Belinda

Der Bus ratterte davon und ich fühlte mich wie eine Idiotin. Anstatt mich in irgendwelche Angstfantasien hineinzusteigern, hätte ich lieber Ed anrufen sollen, denn ich war heute früher dran als gestern.

Da kam Ed schon um die Ecke gezuckelt und rollte genau vor mir aus. Bremsen braucht er bei seinem Schleichtempo so gut wie nie.

"Woher wusstest du, dass ich jetzt schon da sein würde?", fragte ich verblüfft, als ich eingestiegen war.

"Janet hat mich angerufen."

Toll, wie an alles gedacht wurde. Natürlich hatte Trillo-Film die Verantwortung für mich und musste sich um alles kümmern. Aber hätten sie mich dann allein in den Bus einsteigen lassen dürfen? Na, es ahnte ja keiner, dass Brian und ich den Busfahrer zum Hauptverdächtigen erkoren hatten. Und wir waren immer noch nicht bei der Polizei gewesen, zu dumm. Allein mochte ich das nicht machen, weil ich Brian als Zeugen brauchte. Schließlich hatte er mit den Leuten im Hotel geredet.

Ed setzte mich wieder bei Sinja ab, denn bei ihr konnte ich meiner Begeisterung über meinen tollen Drehtag am besten Luft machen, und meine Verdachtsmomente konnte ich mit ihr auch besprechen.

"Ach ne, du wirst hier wohl zum Dauergast", emp-

fing mich Jan. “Socki und Flocki könnten dir ja eine Ecke in ihrem Käfig freimachen, dann kannst du auch hier übernachten.”
Dieser Dummschwätzer ging mir tierisch auf den Keks. Eigentlich hätte man ihn in einen Käfig sperren sollen. Aber ich sagte nichts, sondern verschränkte die Arme, sah ihn mit schräg gestelltem Kopf an und wartete darauf, dass er mir irgendein Stichwort gab.
“Die Dame ist sich wohl zu fein, mit mir zu reden. Hält sich für etwas Besonderes.”
Da fiel mir Wuddels Frage ein. “Weißt du, was an den Azteken so besonders war?”
“Was für Theken?”
“Die Azteken waren ein Indianervolk, das im frühen 13. Jahrhundert ins Hochtal von Mexiko kam. Sie siedelten in einer Steinwüste, in der es vor Schlangen nur so wimmelte. Und weißt du was sie machten? Sie aßen die Schlangen.”
“Igitt.”
Und weg war Jan.
“Rate mal”, sagte Sinja, als ich in ihr Zimmer kam. Sie hockte am PC, auf jeder Schulter eine Ratte.
Ich ging gar nicht darauf ein, sondern erzählte ihr im Schnellverfahren, was für einen aufregenden Tag ich gehabt hatte.
“Dass Alicia Morton wieder da ist, habe ich inzwischen auch mitbekommen”, sagte sie. “Schau dir das an.” Sie hatte einen Bericht aufgezeichnet.

VERSCHWUNDENER KINDERSTAR
WIEDER WOHLBEHALTEN ZURÜCK

Das Team von Trillo-Film, das derzeit auf Darß die Außenaufnahmen für einen Kinderkrimi dreht, kann aufatmen. Genau an dieser Stelle wankte laut Augenzeugenberichten Alicia Morton, die seit gestern Morgen vermisst wurde, nass und verdreckt, aber wohlauf aus dem Wald.

Ein Rätsel bleibt allerdings. Was ist passiert?
The last thing I remember is going to bed on Sunday night. I have no idea what happened after that. It's all terribly confusing.
Ich erinnere mich nur noch daran, dass ich am Sonntagabend schlafen gegangen bin. Ich habe keine Ahnung, was danach passiert ist. Es ist alles schrecklich verwirrend.
Die Spurensuche verlief bisher im wahrsten Sinne des Wortes im Sand. Die Polizei hofft nun Zeugen zu finden, die Hinweise darauf geben können, wo Alicia war und wie sie an den Strand gelangte.

I scrambled to my feet and walked into the forest to get out of the blaring sunlight. There I found the camera trails and followed them.
Ich habe mich aufgerappelt und ging in den Wald, um der gleißenden Sonne zu entkommen. Dort fand ich die Kameraschienen und folgte ihnen.
I'm going to hire a bodyguard for Alicia. There's no safe place for a superstar.
Ich werde für Alicia einen Bodyguard anheuern. Als Superstar ist man nirgendwo in Sicherheit.
Schwer vorstellbar, dass an einem so idyllischen Ort eine Gefahr lauert. Aber das Team wird von jetzt an wachsam sein.

"Das bin ich! Ich, ich ich!!!! Schau mal!", schrie ich. In der letzten Einstellung sah man aus großer Entfernung, wie die Kamera in Position gebracht wurde, während ich die Haare gekämmt bekam, was bei dem Wind ein ziemlich sinnloses Unterfangen gewesen war.
Ich schaute mir den Bericht noch zweimal an, wobei mir etwas auffiel. "Von Belinda ist überhaupt keine Rede. Das arme Mädchen kriegt den Blinddarm rausoperiert, und keinen interessiert es. Womöglich bekommt sie nicht mal Besuch im Krankenhaus. Es sollte sich wenigstens jemand erkundigen, wie es ihr geht."
"Stimmt. Ich hol das Telefon."
Sinja kam mit dem Handapparat und einem Telefonbuch wieder.
"Mir geben die bestimmt keine Auskunft", gab ich zu bedenken.
Sinja zwinkerte mir zu. "Dann setz dein schauspielerisches Talent ein."
Ich überlegte kurz, dann wählte ich. Als sich die Telefonzentrale der Klinik meldete, sagte ich: "Good evening. This is Alicia Morton. Do you speak English?"
"Yes, a little."
"Great. Do you know who I am?"
"Yes, I saw you on TV."
"Good. How did the operation of my stand-in Belinda White go?"

“Who?”
“Belinda White”, sagte ich ganz langsam und deutlich.
“I’ll check the list. No, there’s no Belinda White in the hospital.”
“Are you sure?”
“Yes. Why was she here?”
“Blinddarmentzündung”, sagte ich mit englischem Akzent, weil mir das englische Wort dafür auf die Schnelle nicht einfiel.
“Nein, sorry, wir hatten heute keinen Patienten, der am Blinddarm operiert wurde.”
Ich sagte “Thank you” und legte auf. “Also, das kapier ich jetzt nicht.”
“Sie ist vielleicht in einem anderen Krankenhaus.”
“Liz hat aber ganz deutlich Kinderklinik gesagt.”
Ich verrenkte mir fast das Gehirn, aber ich fand keine Erklärung. “Weißt du, was auch merkwürdig ist. Das fällt mir jetzt erst auf. Als Liz mit Belinda losfuhr, da fuhr sie nicht in Richtung Prerow. Wenn sie zum Arzt wollte, wäre das die richtige Richtung gewesen. Aber sie ist genau in die entgegengesetzte Richtung gefahren, so als wüsste sie schon, dass sie zur Klinik musste. Das macht einfach alles überhaupt keinen Sinn.”
“Doch, macht es.” Sinja ließ Socki auf ihrer Hand turnen. “Liz wollte Belinda weder in die Klinik noch zum Arzt bringen. Sie wollte sie los werden. Du hast

doch gesagt, Belinda wäre von Tennerman gelobt worden, sie sei besser als Alicia. Das hat Liz bestimmt nicht in den Kram gepasst."
"Und deswegen verschleppt sie Belinda einfach? Wo sie Bauchweh hat? So unmenschlich kann doch niemand sein."
"Das will ich hoffen."

Plötzlich macht es „klick“

Ich war glücklich und selig, mich am nächsten Tag mit all den anderen Statisten in den Bus zu quetschen. Ich freute mich sogar über den Anblick der zankenden Zwillinge und setzte mich freiwillig neben Professor Wuddel, obwohl er wie bisher jeden Morgen schrecklich nach Zigarettenrauch stank. Auch wenn ich meinen Verdacht gegen den Busfahrer inzwischen zurückgenommen hatte, war ich immer noch nicht erpicht darauf, mit diesem unfreundlichen Riesen allein zu sein.
Ich holte einen Notizblock und einen Stift aus meiner Tasche. “Erzählen Sie mir doch bitte noch mehr über die Azteken”, bat ich. Wuddel war Feuer und Flamme. Mit dem, was ich mir während der Busfahrt notierte, würde ich mir Jan ein ganzes Jahr lang vom Leib halten können.
Am Waldrand war nichts los. Die Trailer sahen verlassen aus, das Buffet war leer.
Immerhin wartete Brian auf mich. “Where is everybody?”, fragte ich ihn.
“They're at the beach, doing the first scene for today, with Phyllis, Alicia and Jackson.”
Alicia hatte sich also an ihr Versprechen gehalten und arbeitete, trotz des Schocks, den sie erlitten hatte.
Als alle umgezogen und geschminkt waren, brachte

uns der Bus zum Bootssteg. Ich erzählte Brian von meinem Anruf in der Klinik und den Gedanken, die mir gestern Abend durch den Kopf gegangen waren.
"Something's **fishy**", sagte er.
"Fishy?"
Er hielt sich die Nase zu. "It stinks."
"Du meinst, da ist etwas faul. Ja, das denke ich auch. Oberfaul, wenn du mich fragst."
"I'll ask Liz about Belinda. Maybe she can **explain** why she isn't at the hospital."
Wir mussten eine Weile warten, bevor wir ablegen konnten. Denn am Strand wurde gerade gedreht, da hätte ein einlaufendes Boot extrem gestört. Schließlich bekam Janet über Funk von Tennermann das Okay.
Der Wind hatte merklich nachgelassen und ich konnte mich in meinem Kaftan einigermaßen elegant bewegen.
Während Brian Liz suchen ging, hielt ich mich in Alicias Nähe auf. Sie sah heute deutlich besser aus als gestern. Und fröhlicher, als ich sie aus dem Fernsehen kannte, war sie auch. "Hi, Cora", sagte sie kein bisschen herablassend.
"Hi", sagte ich. Irgendwo in meinem Kopf machte es klick. Aber bevor ich der Sache auf den Grund gehen konnte, zog Brian mich beiseite.

---

fishy faul
explain erklären

"I found Liz. She said the operation went well, and Belinda is fine. When I asked her where I can **visit** Belinda, Liz said **there was no need** to go and see her, because her parents would come and take her home **soon**. Isn't that strange?"
Ich hörte nur mit halbem Ohr zu, während ich beobachtete, wie die Zwillinge sich gegenseitig nass spritzten. Ich sah zu Alicia rüber, dann wieder zu den Zwillingen, und erinnerte mich, dass Alicia gesagt hatte, Belinda würde aussehen wie ihre Zwillingsschwester. Die zankenden Zwillinge hatte ich noch nie einzeln gesehen. Alicia und Belinda hatte ich hingegen noch nie zusammen gesehen. "Brian, has anyone ever seen Alicia and Belinda together?"
"**What are you driving at?**"
Ich mochte ihm nicht sagen, worauf ich hinaus wollte. Meine Theorie war zu abwegig. Ich hatte plötzlich so heftiges Herzklopfen wie beim Casting. "Alicia called me Cora."
"So?"
"She's never seen me."
Brians Antwort war erst mal eine Kaugummiblase, bevor er sagte: "Do you think it isn't Alicia but Belinda pretending to be Alicia? But why should

---

visit besuchen
there was no need (dass) es nicht nötig sei
soon bald
What are you driving at? Worauf willst du hinaus?

Belinda pretend to be Alicia? That **doesn't make sense**."

"No, **not that way round**. It's very **complicated**." Ich war mir selbst noch nicht so ganz sicher, ob meine verrückte neue Theorie überhaupt funktionierte, darum fragte ich: "What exactly happened when Liz and Belinda arrived on Sunday evening?"

Brian schloss kurz die Augen. "Well, we were all sitting in the dining room. At eight o'clock Alicia got up and said that she had to make an **urgent** phone call. She went upstairs to her room. **A couple of** minutes later, Liz and Belinda arrived. They said hello to everybody and **joined us**. Belinda said she wasn't hungry and that she was very tired from the trip. She wanted to go to sleep. Ten minutes after she had gone, Alicia **returned**. She was angry that she had to share her room with Belinda. Liz told her **not to make a fuss**."

"So Mrs Blott offered to let Liz and Alicia stay together in her suite."

---

doesn't make sense ergibt keinen Sinn
not that way round nicht so
complicated kompliziert
urgent dringend
a couple of ein paar
joined us haben sich uns angeschlossen
returned ist zurückgekehrt
not to make a fuss kein Aufheben zu machen

“Yes. But Liz said it was important for the girls **to get to know each other**.”
Jetzt kam die entscheidende Frage. “Have you ever seen Belinda and Alicia together?”
Brian dachte drei Kaugummiblasen lang nach. “No. The next morning, Belinda came to the set, and Alicia was still sleeping. And then she disappeared. I don’t think anybody ever saw them together. Why?”
Mir wurde so weich um die Knie, dass ich mich in den Sand setzten musste. Das war der Beweis. Damit ließ sich alles erklären. Es war fast zu verrückt, um wahr zu sein. “I have a very, very strange theory.”
Ich erzählte Brian alles der Reihe nach, weil ich selber auch erst mal meine Gedanken ordnen musste. Es war gar nicht so einfach, ihm meine Idee zu verklickern. Mein Englisch ist zwar ganz passabel, aber ich war so aufgeregt, dass ich ganz durcheinander kam. Zum Glück verstand er einige deutsche Wörter, aber ich musste auch viel im Wörterbuch blättern.
“There was a report on TV”, begann ich. “I had the **impression** that Alicia was **jealous** because everybody thought Jackson was the star of the film.”
“Yes, and because he has two stand-ins and has won

---

to get to know each other einander kennen zu lernen
impression Eindruck
jealous eifersüchtig

a BAFTA Award. But isn't it ridiculous to be jealous of a rat?"
Lächerlich oder nicht, Alicia war jedenfalls tierisch eifersüchtig auf die Ratte. "She **decided** she wanted a stand-in, too."
Der zweite Hinweis stand in einem der Interviews, die Sinja im Internet gefunden hatte. Alicia war schon als kleines Kind gern in andere Rollen geschlüpft. Sie konnte sich perfekt verstellen. Andere Stimme, Körperhaltung, Mimik – und schon war sie ein anderer Mensch. "So she and Liz got the idea that Alicia would play her own stand-in."

---

decided hat entschieden

Der letzte Beweis

Brian klappte der Mund auf und der Kaugummi fiel in den Sand. “What? Are you crazy?”
“Yes. I mean, no. I’m not crazy. But I’m sure Belinda doesn’t exist.” Alicia hatte vor, in ihrer Rolle als Belinda jeden Morgen zu den Proben und ähnlichem “Kleinkram” am Set zu erscheinen und erst später dann als der Star Alicia.
Brian schüttelte ungläubig den Kopf, hob den Kaugummi auf und wickelte ihn in ein Stück Papier. Ich redete unbeirrt weiter.
Bei der Ankunft war noch alles glatt gelaufen. Alicia ging auf ihr Zimmer, zog sich um, setzte die Brille auf, die Belindas Kennzeichen werden sollte, und traf sich mit Liz vor dem Eingang. Als Belinda spazierte sie dann ins Hotel. Dann ging sie schlafen und erschien als Alicia wieder im Speisesaal.
“Hm”, machte Brian. “That could’ve worked. So, on Monday morning, Alicia was pretending to be Belinda.”
Endlich hatte ich ihn soweit! “She came to the set, smiled and was nice to everybody, because that was her role as Belinda, the friendly girl.”
Sie redete als Belinda mit einem leichten Akzent. So kam tatsächlich niemand auf die Idee, dass Alicia selbst ihr eigenes Double spielte.

Das ging allerdings nicht lange gut, denn Andrew Tennerman sah überhaupt nicht ein, dass Alicia ausschlief, während alle anderen Schauspieler pünktlich am Set waren. Ich erinnerte mich noch genau, wie schockiert Belinda gewesen war, als Tennerman zum Hotel fuhr, um Alicia höchstpersönlich zu wecken. Aber Alicia war natürlich nicht in ihrem Zimmer, denn sie war ja am Set und tat so, als wäre sie Belinda. Eine vertrackte Situation.

Belinda hatte sich daraufhin mit Liz beraten. Liz musste auf die Idee gekommen sein, dass man so tun könnte, als wäre Alicia verschwunden. Damit bekam sie nämlich das, was Stars am dringendsten brauchen: Publicity. Prompt war die Presse erschienen und Liz hatte ihre tränenreichen Interviews gegeben und damit mächtig Wirbel gemacht.

Brian sah zu Alicia hinüber, die mit Phyllis gerade eine Szene probte. "I'm still not quite sure that you're right."

Ich packte weitere Beweise aus. "On Tuesday morning, Belinda asked me if she was too nice. I think Alicia was angry that everybody liked her when she was Belinda. She thought she ... übertreiben?"

"Overdo."

"... thanks. She thought she was overdoing her part." Sie war es ja auch nicht gewohnt nett zu sein und dachte natürlich, dass sie zu dick auftrug. Und dann der Satz: "I hope she never comes back." Alicia fühlte sich in der Rolle als Belinda eigentlich ganz wohl und wollte nicht mehr die alte Alicia sein. Aber der Rücktausch war sicher schon geplant und Belinda musste verschwinden. Darum die Bauchwehnummer. So konnte Liz sie ins Auto verfrachten und wegbringen.

Dass sie nicht nach Prerow zum Arzt fuhr, war klar. Belinda/Alicia hatte keine Bauchschmerzen. Liz brachte sie an eine Stelle, von der aus sie zum Strand gehen konnte. Im Auto zog sich Alicia aus und schlüpfte in das Nachthemd, das Liz dabei hatte. Ich erinnerte mich an die große Schultertasche, die sie an diesem Morgen umhängen hatte. Darin war das Nachthemd und es war Platz für die Sachen, die Alicia als Belinda getragen hatte.

Brian war jetzt ganz Feuer und Flamme für meine Theorie. "Alicia walked to the beach and rolled in the sand to get wet and dirty. Then she walked back to the set. That's why she seemed perfectly fit when I saw her before **everybody else** did. Then, when she thought she was coming into **sight**, she started to limp and look **miserable**."

"Yes, that explains everything, doesn't it?"

Damit war tatsächlich absolut alles erklärt. Jede Klei-

---

everybody else alle anderen
sight Blickfeld
miserable elend

nigkeit passte ins Bild. Liz hatte darauf bestanden, dass sich Alicia und Belinda ein Zimmer teilten, denn nur so würde niemand merken, dass nur eine Person darin wohnte.

Auch die Tatsache, dass Alicia mich eben Cora genannt hatte, war sonnenklar. Als Belinda hatte sie sich oft mit mir unterhalten.

Und natürlich gab es in der Kinderklinik in Rostock keine Belinda White. Es hatte Belinda nie gegeben. Und Alicia war auch nie verschwunden gewesen. Die Behauptung, sie könne sich an nichts erinnern, diente nur dem Zweck, lästige Fragen der Polizei nicht beantworten zu müssen. Denn eine brauchbare Erklärung, wo Alicia inzwischen gewesen sein konnte und was ihr passiert war, war Liz nicht eingefallen. Außerdem erzählte sie jetzt herum, dass Belinda von ihren Eltern aus dem Krankenhaus nach Hause geholt werden würde, damit niemand auf die Idee kam, sie dort zu besuchen.

“What do we do now?”, fragte Brian.

“I'm not sure. I don't want to get Alicia into trouble”, sagte ich.

Janet holte mich zum Set, weil die nächste Szene dran war. Ich musste nicht viel tun, nur im Hintergrund mit den Zwillingen spielen. Dabei hatte ich Zeit zum Nachdenken. Wenn ich Alicia oder Liz direkt mit meiner Theorie konfrontierte, würden sie es womöglich abstreiten, auch wenn ihnen das nichts

nützte, denn die Polizei konnte ganz einfach nachprüfen, ob es eine Belinda White überhaupt gab.
Das Problem war, dass ich nicht hundertprozentig sicher sein konnte, ob ich Recht hatte. Ich musste mir erst Klarheit verschaffen. Als die Szene im Kasten war, folgte ich Alicia zu einem kleinen Catering-Stand. Kurz bevor ich sie erreichte, rannte der Busfahrer an mir vorbei. Was hatte der überhaupt hier zu suchen?
Er hielt Alicia einige Fotos und einen Stift hin. "Krieg ich jetzt endlich ein Autogramm?", fragte er. "Autograph. Two autographs. Three. Please." Sein Englisch war ziemlich holprig.
Alicia verdrehte die Augen. "Oh no, not again."
Ich hätte beinahe laut aufgelacht. Alles, was der Busfahrer von Alicia wollte, war ein Autogramm! Deshalb hatte er sie von Anfang an so bedrängt und war ihr sogar ins Hotel gefolgt. Da Alicia so gut wie nie Autogramme gab, hielt er sie für wertvoll und wollte sie vielleicht bei Ebay versteigern.
"It's okay to be nice", sagte ich zu ihr.
Sie drehte sich zu mir um, ihr Mund klappte auf.
"As Belinda you asked me if you were being too nice. You remember? It's fine. There's no need to be condescending, you know."
Alicia schien nicht zu wissen, ob sie lachen oder weinen sollte. Sie schluckte, dann unterschrieb sie sämtliche Fotos.
Als der Busfahrer zufrieden gegangen war, fragte sie:

"When did you **realize** Belinda was me?"
"It's **the other way round**. I realized you were Belinda."
Dann lachten wir beide, bis sie plötzlich in Tränen ausbrach. "I hate her."
"Who?"
"Alicia. It **felt** so good **to be my real self for a change**. My mother always wanted me to become a star. **Ever since** I was a small child, **I had to act as though I were** arrogant and full of **whims**. **I can't stand it any longer**. I just want to be me."
Brian kam dazu. Er musste zugeben, dass ich mit meiner Theorie voll ins Schwarze getroffen hatte. Bis auf einen Punkt: Alicia hatte sich nicht verstellen müssen, um Belinda zu sein. Sie hatte endlich so sein dürfen, wie sie wirklich war: ein ganz normales Mädchen und nicht der launische Star, den ihre Mutter aus ihr machen wollte.
"I don't want a stupid BAFTA Award", schluchzte sie. "I want friends."

---

realize festgestellt, *hier:* aufgefallen
the other way round genau umgekehrt
felt fühlte sich ... an
to be my real self wirklich ich selbst zu sein
for a change zur Abwechslung
ever since seitdem
I had to act as though I were musste ich so tun, als wäre ich
whims Launen
I can't stand it any longer. Ich halte es nicht mehr aus.

Kein Abschied für immer

Es war Sonntag. Nach sechs aufregenden Tagen am Set von Trillo-Film waren alle Außenaufnahmen fertig gedreht. Am nächsten Morgen würde die ganze Crew wieder abreisen.
Ich war jeden Tag dabei gewesen, auch wenn ich nicht immer gebraucht wurde. Ich hatte inzwischen einfach das Gefühl, zum Team zu gehören. Außerdem war ich mit Brian und Alicia befreundet, und das allein war Grund genug, die Zeit mit ihnen zusammen so gut wie möglich zu nutzen.
Mam hatte vorgeschlagen, bei uns daheim ein kleines Abschiedsessen zu geben. Sinja hatte ich natürlich auch eingeladen, denn sie war schon seit Tagen ganz zappelig und wollte endlich alle kennen lernen.
Mam versenkte gerade Unmengen Gnocchi in zwei riesigen Kochtöpfen, Paps faltete Schiffchen aus Papierservietten, Ed mischte den Salat, Sinja rieb Parmesan und ich machte mich nützlich, indem ich zappelig am Küchenfenster stand und nach Tennermans Mercedes Ausschau hielt.
"Da kommen sie, da kommen sie!"
Ich rannte zur Haustür und hatte sie aufgezogen, noch bevor Andrew Tennerman den Motor abstellen konnte. Bis die Beifahrertür aufging, war ich schon am Gartentor. Janet stieg aus und winkte zum Kü-

chenfenster. Ich drehte mich um und sah Ed mit dem Salatbesteck zurückwinken.

Hinten stiegen Brian und Alicia aus. Brian entdeckte sofort die Buche in unserem Vorgarten und schwang sich ruckzuck bis zur Krone hoch.

“Hi”, sagte Alicia und lächelte. Sie lächelte in letzter Zeit sehr viel und war überhaupt nicht mehr herablassend oder pampig. Ihre Mutter war schon am Donnerstag nach London zurückgeflogen, und zwar auf Alicias ausdrücklichen Wunsch. Sie wollte sich von ihr nicht mehr bevormunden lassen. Liz hatte natürlich großen Ärger mit der Polizei gehabt und war nur deswegen um eine Anzeige wegen Vortäuschung einer Straftat herumgekommen, weil sie sich freiwillig bereit erklärt hatte, die Kosten für die Suchaktion nach der angeblich verschwundenen Alicia zu zahlen.

“Come in”, bat ich meine Gäste. Brian sprang gezielt neben das Rosenbeet.

Ich stellte alle vor. Sinja fing sofort an, Alicia in ein Gespräch über Ratten zu verwickeln. Janet half Mam beim Verteilen der Getränke. Tennerman lobte Paps’ Tischdekoration.

Vor acht Tagen erst war ich beim Casting gewesen, und jetzt war es, als gehörten die Leute von Trillo-Film schon zur Familie.

Wir setzten uns und Mam stellte die dampfenden Schüsseln auf den Tisch. Es schmeckte allen und die

Stimmung war super, obwohl ich tief in mir drin einen Hauch von Abschiedsschmerz spürte.
Nach dem Essen gingen wir in den Garten. Ed zeigte Janet seinen selbst angelegten Gartenteich. Brian hielt sofort wieder nach Bäumen Ausschau. Alicia holte ein Zopfgummi aus ihrer Hosentasche und machte sich einen Pferdeschwanz, damit ihr nicht ständig die Haare ins Gesicht wehten. "It's always so windy here, but the air smells good. Much better than in London."
Ich freute mich, dass sie sich endgültig abgewöhnt hatte, an allem herumzunörgeln.
Wir setzten uns auf Gartenstühle und Paps klappte den Sonnenschirm auf. Andrew Tennerman hatte ihm eine Ausgabe der London Times mitgebracht, weil ich ihm einen Tipp gegeben hatte. Paps plante nämlich eine vergleichende Studie über die Knistrigkeit von Zeitungspapier in allen Ländern Europas.
Auch ich bekam von Tennerman eine Zeitung, oder vielmehr ein englisches Hochglanzmagazin. "Open to page 30", forderte er mich auf.
Ich blätterte zur Seite 30 und fand einen Bericht über die Dreharbeiten auf Darß und das Drama um Alicia. Dazu jede Menge Fotos. Auf einem davon war ich mit Kira zu sehen, wie wir am Strand mit dem Wind kämpften. "Wow", konnte ich nur sagen. "My picture in an English magazine! That's fantastic."

Tennerman deutete auf einen Absatz. “Read this paragraph.”
Ich las ihn laut vor und wurde dabei knallrot. “It was one of the extras, Cora Paulsen, who **discovered** what had really happened to Alicia Morton. **In the meantime**, the girls have become friends. Director Tennerman says about Cora: ‘She’s a very talented actress, and it’s great to work with her.’”
Rührungstränen schossen mir in die Augen. Ich schniefte in ein Taschentuch und bedankte mich.
Ich hatte zum Glück auch an Geschenke gedacht. Als Brian sich an den Bäumen müde getobt hatte, überreichte ich ihm eine Tüte voller Kaugummis, mit sämtlichen Sorten, die es bei uns gibt. Er lachte. “I hope they won’t think I’m a **smuggler** when I go through **customs**.”
Für Alicia hatte ich ein Freundschaftsbuch besorgt. Da die Vorgaben auf Deutsch waren, hatte ich einen Zettel mit den englischen Übersetzungen dazugelegt.
Alicia sah genauso gerührt aus wie ich vorhin.
“You’ll soon have many friends who’ll write in this book”, versprach ich ihr.
Sie gab mir das Buch zurück. “I’d like you to be the first one.”

---

discovered hat herausgefunden
in the meantime inzwischen, mittlerweile
smuggler Schmuggler
customs Zoll

Mam holte einen Stift und ich trug mich in das Buch ein. Alicia bedankte sich freudestrahlend und reichte es an Brian weiter.
Ed und Janet hatten inzwischen Kaffee gemacht. Es war ein wunderbarer Nachmittag.
Schließlich erhob sich Tennerman. "I'm afraid it's time for us to **leave**. We've got a lot of **packing** to do." Er drückte mir herzlich die Hand. "**As soon as** 'The Mystery of Valanna' has been edited and cut, I'll send you the **video tape**."
Nach vielen Umarmungen stiegen sie in den Wagen. Ich war nahe daran, schon wieder in Tränen auszubrechen, weil ich alle schrecklich vermissen würde.
Ich blieb winkend zurück und Sinja legte mir tröstend einen Arm um die Schulter. "Rate mal", sagte sie.
Ich seufzte. "Jetzt nicht."
"Doch."
"Mir fällt aber nix ein."
"Gut, dann sage ich es dir so. Alicia hat mir erzählt, dass Brian seinen Vater dazu überredet hat, dir in der Verfilmung der zweiten Folge der Trilogie auch wieder eine Rolle zu geben."
Mein Herz schlug einen Salto. "Ist das echt wahr?"

---

leave gehen
packing Packen
as soon as sobald
video tape Videokassette

“Absolut. Sobald der Termin für das nächste Casting feststeht, wirst du eingeladen.”
Ich umarmte Sinja. Die Zeit bis dahin würde ich schon irgendwie rumkriegen.